W0346934

Maria Marano

IL MIO OSSIGENO *sei tu*

ROMANZO

Codice ISBN:
9781549920790

Dedica

Sei il mio ossigeno, la mia aria, il mio sprazzo di cielo stellato. Sei un'onda, un lampo, un fulmine nel mio cuore. Sei vento, pioggia, acqua e molto più. Sei la mia anima gemella, il completamento dei miei sensi.

Ti amo ogni giorno di più.

Greta De Giorgi

Dedica

Sei il mio ossigeno, la mia aria, il mio sprazzo di cielo stellato. Sei un'onda, un lampo, un fulmine nel mio cuore. Sei vento, pioggia, acqua e molto più. Sei la mia anima gemella, il completamento dei miei sensi.

Ti amo ogni giorno di più.

Greta De Giorgi

Sinossi

Neith e Kendra non si sono mai visti, ma qualcosa li lega nel profondo. Grandi occhi azzurri e capelli biondi lei, braccia forti e la passione per la boxe lui. Lei, divorata da un passato capace ancora di scaraventarla nel peggiore degli incubi, lui attanagliato dal rimorso e dalla consapevolezza di non essere stato abbastanza forte. Ma presto tra i due nasce presto un legame fortissimo, prima basato sull'attrazione, poi su rispetto e il reciproco sostegno, e infine sull'amore. Le difficoltà saranno tante, i due ragazzi saranno messi a dura prova, ma insieme riusciranno ad andare avanti.

Infine i fantasmi del passato saranno finalmente scacciati via?

CAPITOLO 1

Neith Xander

Mi trovo su un volo diretto per New York e sto viaggiando in prima classe, ma per colpa di questa turbolenza sembra quasi di stare in una stiva.

Ho i nervi a fior di pelle e un nodo alla gola. So che tutto questo mio malessere non dipende solo da questo maledetto aereo, non faccio altro che fissarmi la mano fasciata e massaggiarmi la spalla dolorante, sono stato ingenuo, non dovevo badare alla provocazione di quello stupido di Samuel.

Ora per questo mio errore ho dovuto sospendere gli allenamenti, spero solo che la mia carriera da pugile non ne risenta troppo per questa mini vacanza forzata.

Dopo il mio infortunio mia madre mi ha invitato a raggiungerla a New York, non sono riuscito a dirle di no.

È una donna che ammiro moltissimo ha avuto la forza di rimettersi in sesto dopo i vari pugni che la vita le ha assestato, io da canto mio, ho cercato di alleggerirle il carico, cercando in tutti i modi di aiutarla.

Mi sono impegnato in uno sport che mi appassionava moltissimo, difatti dopo il college mi sono trasferito a Miami, anche grazie all'aiuto del nuovo compagno di mia madre. Li ho frequentato assiduamente la palestra di un amico di famiglia, il quale mi ha trattato come un figlio e mi ha insegnato a combattere, cosa che desideravo fare da molto tempo.

Sarei potuto essere forte quel giorno, forse avrei potuto impedire che quella tragedia si verificasse, così tutto questo senso di colpa non sarebbe mai esistito.

Nei miei sogni la rivedo, mi chiede di aiutarla, avrei potuto essere più forte, più coraggioso, ma invece no, ero solo un ragazzino fragile e impaurito.

Scaccio via questi pensieri, non voglio rattristare mia madre, ora è finalmente felice, questo è ciò che conta veramente.

Tra un mese si sposa con il suo nuovo compagno, Mike, un uomo veramente premuroso e disponibile, so che ha divorziato, ma non ne conosco il motivo, ma alla fine chi sono io per poter giudicare.

So che ha una figlia più o meno della mia stessa età, se non sbaglio lavora come progettista, da quello che ha detto mia madre è un genio del computer. Sarò uno stronzo lo ammetto, ma me la sono immaginata veramente una sfigata.

Finalmente il mio volo è atterrato, prendo i miei bagagli e mi avvio verso l'uscita. Prendo il cellulare e faccio per chiamare mia madre, ma improvvisamente alle mie spalle sento una voce familiare, una voce capace di farmi venire le lacrime agli occhi.

«Neith amore della mamma!»

Mi giro di scatto e resto completamente senza fiato.

È davvero bellissima, con i suoi capelli biondi e gli occhi di un verde smeraldo, si avvicina a me a passo veloce con le braccia già aperte, l'accolgo tra le mie stringendola forte, mi è mancata veramente tanto.

Si allontana da me giusto il poco che basta per squadrarmi, ha gli occhi lucidi, capisco dalla sua voce incrinata che sta per piangere.

«Sei diventato un uomo bellissimo. Mi sei mancato» dice con gli occhi ormai lucidi.

«Mamma mi sei mancata anche tu, ti trovo veramente benissimo» le dico con sincerità.

Lei mi sorride radiosa, poi si volta e con un gesto della mano chiama l'uomo in piedi vicino ai bagagli, alzo lo sguardo e mi rendo conto che si tratta del suo compagno.

È proprio come lo ricordavo, elegante e sempre con il sorriso sulle labbra.

Mi allunga una mano e subito gliela stringo nella mia.

«Benvenuto a New York Neith, sono felice di rivederti» dice con tono affabile.

«Grazie» gli rispondo un po' impacciato. Lui si volta, afferra la mia valigia e si avvia all'uscita seguito da mia madre.

Fuori troviamo una Berlina nera ad aspettarci, l'autista mette le mie cose in macchina, poi ci apre lo sportello e ci invita a salire. Per tutto il viaggio resto con la testa appiccicata al finestrino, New York è davvero immensa, con tutti i suoi palazzi, la gente che corre e i taxi che sfrecciano, è davvero movimentata.

Quando arriviamo finalmente a destinazione resto del tutto sbalordito quando i miei occhi si posano sull'enorme villa di Mike. Caspita, è davvero immensa, sapevo che aveva molti soldi, ma non pensavo di ritrovarmi davanti a tutto questo lusso. Il cancello è davvero imponente, mi mette quasi i brividi. La villa e immersa in un verde che stona totalmente con il grigio della città, ho notato anche una piscina, sarei capace di buttarmici dentro anche in questo momento, così da potermi scrollare di dosso tutto questo stress.

Appena dentro Mike mi fa vedere la mia stanza, cavolo è grande quasi quanto la mia casa a Miami, davvero bellissima. Durante il tour della casa non ho potuto fare a meno di notare anche la presenza di una piccola palestra, non vedo l'ora di potermici rifugiare. Mike mi guarda mentre giro per la stanza, mi sento come un bambino al Luna Park.

«Neith puoi farti una doccia e riposarti, verso le 21 ci sarà la cena, fai come se fossi a casa tua» mi dice Mike ad un tratto distogliendomi dai miei pensieri. Mi volto verso di lui e gli faccio un cenno con la testa.

«Ti ringrazio Mike, ho davvero bisogno di una doccia».

Dopo essermi fatto una doccia lunghissima e bollente, ho indossato un paio di pantaloni neri della tuta e una canotta dello stesso colore, voglio distendermi sul letto, sono ancora frastornato per il viaggio. Infatti appena mi sdraio sul morbido letto cado in un sonno profondo.

Mi sveglio lentamente. Non so bene per quante ore io abbia dormito, ho sentito alcune voci fuori dalla camera. Mi alzo con non poca fatica, mi sento ancora leggermente frastornato. Poi qualcosa attira la mia attenzione, dei gemiti, non so bene cosa sia o chi sia? Ma capisco che provengono dalla palestra. Esco silenziosamente dalla mia camera e mi avvicino furtivamente alla porta della palestra, la apro leggermente, solo per poter sbirciare. Un profumo dolce e pungente mi avvolge, per un attimo mi sento quasi stordito. Riapro gli occhi, non mi ero neanche accorto che li avessi chiusi. Su una panca vedo sdraiata una ragazza, capelli lunghi e biondi, corpo sinuoso. Oddio mi sono eccitato solo a guardarla. Sono messo veramente male, poi i versi che fa non mi aiutano di certo a distrarmi, sento che improvvisamente i pantaloni mi calzano veramente stretti.

Lei si rialza di scatto. Mi ha visto! Che figura. Vedo il suo viso accigliarsi, poi abbozza un sorriso malizioso. Si alza dalla panca e ancheggia verso un altro attrezzo, Dio lo sta facendo di proposito, ed è anche maledettamente brava.

Chiudo la porta e corro come un fulmine nella mia stanza, mi giro verso la porta e ci appoggio la fronte, poi sospiro, è un sospiro pieno di frustrazione, poi parlando con me stesso mi faccio la fatidica domanda: "Ma chi è quello schianto di ragazza?".

Kendra Maris

Perché diavolo mi sono messa a provocarlo? Io non sono così, ma non ho resistito, mi stava praticamente mangiando con gli occhi, cosa che mi succede veramente di rado, non sono il tipo di ragazza che si mette in mostra, anzi sono praticamente ordinaria, direi addirittura banale.

Ora sarà meglio che mi faccia una doccia, tra poco si cena e mio padre ama la puntualità. L'unica cosa che veramente ora mi mette in agitazione è sapere che lui sarà a cena, che idea si sarà fatto di me? Dio mio, mi sento veramente in imbarazzo.

Dopo una doccia bollente mi sento veramente rilassata, l'attività fisica fa bene al corpo e all'anima. Non capisco perché ci sto mettendo così tanto a prepararmi, di solito sono molto sbrigativa, non mi soffermo troppo sul mio aspetto esteriore, sono il tipo di persona "Bella dentro, questo importa", ma ora sento quasi il bisogno, il dovere, di essere presentabile.

Non sarà che voglio far colpo su di lui? Dai Kendra a breve sarà tuo fratello. Ecco la mia voce interiore che si fa avanti: "Veramente fratellastro!", vabbè sempre a puntualizzare, comunque devo togliermelo dalla testa, che poi di sicuro non sono neanche il suo tipo.

Sarò strana lo ammetto, ma quanto adoravo avere il suo sguardo addosso, sembrava quasi che mi stesse mangiando con gli occhi, una sensazione veramente piacevole, mi sono quasi eccitata, ho usato la parola eccitata? Ecco sono fuori di testa.

CAPITOLO 2

Neith Xander

Mi sono seduto a tavola in tutta fretta, non volevo affrontare momenti imbarazzanti, non faccio altro che pensare alla biondina su quella panca. Avrei tanto voluto avvicinarmi a lei, magari parlarle, accarezzarla e poi e poi... Meglio non continuare.

Tra poco la rivedrò, sono anche curioso di conoscere il suo nome, mia madre mi ha parlato qualche volta di lei, però non ricordo il suo nome, mi sono sforzato tantissimo, ma nulla. Ecco mia madre e Mike, dietro ho già scorto la sua sagoma, devo rimproverare il mio cuore, e non solo, mi stanno veramente uccidendo.

Mi alzo per salutare, spero proprio di non fare brutte figure. Mike prende per mano la mamma e la fa accomodare, poi passa alle presentazioni: "Piccola mia, questo è Neith, Neith questa è la mia adorata bambina kendra".

Bambina? La definirei in mille modi diversi, ma non di certo bambina. Lei sorride quasi imbarazzata, poi mi guarda, ha degli occhi enormi e così dannatamente intensi, ho un brivido che parte dal collo in giù.

In qualche modo riesco a scollare la mia lingua dal palato, e quasi balbettando le dico: "Piacere di conoscerti", lei sorride ammiccando, scuoto la testa per cacciare via pensieri poco opportuni. Il culmine arriva quando finalmente sento la sua voce, è davvero sensuale, mi fa venir voglia di prenderla per mano e portarla in camera, farle almeno la metà delle cose oscene che ho pensato dopo averla vista in palestra, e pensate che ha solo detto "Il piacere è tutto mio Neith", ha pronunciato il mio nome con enfasi, accarezzandolo con quelle labbra carnose, poi "Piacere", quanto mi piacerebbe darle tutto il piacere che desidera, se solo me lo chiedesse, se solo mi desse la possibilità. Devo ricompormi, sto veramente impazzendo, ma cosa diavolo mi prende?

Cerco di ricompormi, faccio un po' il galante spostandole la sedia e facendola accomodare, però di certo non avevo considerato che reazione avrebbe avuto il mio corpo dopo un suo contatto, mi ha solo sfiorato la mano e sono già in confusione, lei mi guarda di sottecchi e sorride maliziosa, si è accorta dell'effetto che ha su di me? Se ne sta approfittando. Subdola la ragazza, ma anche estremamente sexy.

Kendra Maris

Sono veramente meravigliata dal mio comportamento, ho capito l'effetto che ho su di lui, proprio per questo lo sto stuzzicando, sono meschina lo ammetto, ma mi piace da impazzire.

Siamo seduti uno difronte all'altra, non mi stacca gli occhi di dosso, spesso si bagna le labbra con la lingua, stuzzicandomi di continuo. Dio vorrei saltare sul tavolo e avvinghiarmi a lui, mangiarmi praticamente le sue labbra di baci, lo voglio, forse anche troppo intensamente. Devo assolutamente farmi curare. Non mi è mai capitato una cosa del genere, questo ragazzo manda i miei ormoni in palla.

Sono veramente stressata, allungo le gambe sotto al tavolo per potermi distendere e rilassare, ma il mio piede sfiora la sua gamba, lui sussulta e quasi si strozza con il boccone di pollo, poi si ricompone e mi guarda con aria accigliata, ora che idea si sarà fatto di me? Poi lo vedo abbozzare un sorriso malizioso, di sicuro pensa che ci stia provando, ma lo ammetto non mi dispiace per niente, non ho mai preso l'iniziativa, ma con lui non mi dispiace proprio essere una seduttrice, anche se penso di essere abbastanza goffa.

Neith Xander

Questa donna mi sta praticamente torturando, sto cercando di restare calmo, placare quella voglia matta di perdermi in lei, voglio divorare le sue labbra e il suo corpo, voglio baciarla in ogni piccolo punto del suo corpo sinuoso, voglio sentire il profumo della sua pelle, la voglio ardentemente.

Meglio se esco in terrazza per un poco d'aria e una sigaretta, devo calmarmi. Chiedo scusa alle persone sedute al tavolo e mi avvio verso la terrazza, ho appena acceso una sigaretta, quando sento dei passi avvicinarsi nella mia direzione, resto con la sigaretta appoggiata sulle labbra, mentre i miei occhi vengono attratti come calamita dalla figura sinuosa che avanza inarrestabile nella mia direzione. Lenta, sexy, indecentemente perfetta.

«Mi faresti fare un tiro?», mi chiede indicando la sigaretta tra le mie labbra. Le porgo la sigaretta senza fiatare, con gli occhi puntati nei suoi. Si porta la sigaretta alle labbra, giuro che vorrei essere al posto di quella sigaretta, questo è un chiaro sintomo che sto andando fuori di testa, dopo aver fatto un tiro me la ripassa, ed io la porto subito alle labbra. Ho veramente bisogno di rilassarmi. Prego con tutto me stesso che la nicotina faccia il suo lavoro.

Lei si appoggia alla ringhiera dandomi le spalle, non riesco a non posare gli occhi sul suo fondoschiena. Non so come abbia fatto, è come se avesse sentito i miei occhi appiccicati al suo sedere, perché si volta, inclina leggermente la testa e mi sorride maliziosa.

«Ti piace quello che vedi?», mi chiede con voce giocosa. Senza pensarci neanche un secondo biascico un troppo, lei sorride, si avvicina lentamente e mi sfiora la mano, prende la sigaretta e la butta a terra. Mi porta le mani al collo e avvicina il suo corpo al mio, troppo vicina per resistere.

D'impulso le cingo la vita con le mani e l'attiro ancora di più a me, lei sogghigna, capisce l'effetto che mi fa, poi mi coglie praticamente di sorpresa, le sue labbra sono sulle mie, dischiude un po' la bocca, ed io ne approfitto per esplorarla tutta, le nostre lingue si cercano, si assaporano, questo bacio è veramente inebriante, sono completamente preso da lei.

Oh Kendra Maris tu mi ucciderai!

Kendra Maris

Non so bene che cosa mi sia preso. Ma sono qui, attaccata alle sue labbra come se ne andasse della mia vita. Vorrei staccarmi da lui, ma nello stesso tempo vorrei andare oltre. Sento le sue mani su tutto il mio corpo, mi stringe e mi attira sempre più contro il suo petto, è davvero in splendida forma. Sento l'effetto che ho su di lui, provo vergogna ad ammetterlo ma sono eccitatissima. Ho le mani tra i suoi capelli, così morbidi e profumati, vorrei accarezzarlo per ore ed ore.

Quando ci stacchiamo siamo entrambi completamente senza fiato, sembra quasi che abbiamo appena corso una maratona. Lui mi fissa con aria sexy e stordita, ha gli occhi di un azzurro acceso, abbasso d'istinto lo sguardo e mi stiro il vestito con le mani. Con dita tremanti butto dietro alle orecchie alcune ciocche di capelli che mi sono finite sul viso, cercando in qualche modo di darmi un contegno.

«Scusa, non avrei dovuto.», dico con voce carica di rammarico.

«Perchè? È stato pazzesco, sarei pronto a rifarlo» dice sorridendo.

«Sarà meglio dimenticare ciò che è accaduto e tornare a cena.» dico gesticolando con le mani.

Mi si avvicina lentamente, sento il suo respiro sfiorarmi l'orecchio, giuro che ho i brividi per tutto il corpo. Seguo i suoi gesti con la coda dell'occhio, sulle sua labbra compare un sorriso malizioso.

«Sono d'accordo con te, meglio tornare a cena, per quello che è successo invece non sono d'accordo, non voglio dimenticare» dice con voce roca. Poi si allontana da me, ed io finalmente torno a respirare.

Lo seguo con lo sguardo mente rientra in casa.

Ma cosa mi sta succedendo?

CAPITOLO 3

Neith Xander

Le cose nei giorni successivi non sono migliorate di certo, Kendra sta diventando la mia ossessione.

L'attrazione tra di noi è palpabile, ma entrambi cerchiamo di ignorarla, in tutti i modi possibili.

«Cosa ti sa succedendo?» domanda il mio amico dall'altro capo del telefono.

Sono steso sul letto con le gambe incrociate e il cuscino premuto in faccia.

«Ma che diavolo ne so!» esclamo con poca convinzione.

Dall'altro capo Joshua sorride divertito.

«Cos'hai da ridere?» gli chiedo, mettendomi poi seduto sul letto.

«Con altre ragazze non ti sei fatto di certo tutti questi problemi. Ci saresti già andato a letto, e non osare negarlo, ora ti chiedo cos'ha di diverso questa Kendra?» domanda lui con voce divertita.

«A parte il fatto che diventerà mia sorella» affermo risoluto.

«Sorellastra» ci tiene lui a precisare.

Sbuffo spazientito.

«La cosa non cambia poi molto. Comunque non è solo quello il problema. Cioè è tutta la situazione, insomma mi sembra di fare qualcosa di sbagliato. Mia madre è felice e poi suo padre si fida di me».

«Capisco il tuo punto di vista e tutti i problemi che ti poni. Però, sei sicuro che sia solo semplice attrazione?»

La sua domanda mi rimbomba nella testa, come un tarlo si insinua nella mia mente, mettendo di nuovo tutto in discussione.

Non lo so cosa provo per questa ragazza.

E solo che non riesco a non desiderale, e non intendo solo fisicamente.

Il tempo passato con lei è davvero piacevole. Mi piace scherzare con lei. Mi piace vederla ridere. Mi piace giocare anche a quei stupidi giochi da tavolo che lei tanto adora.

Forse sto riversando in lei le mie mancanze.

Forse ritrovo in lei la mia sorellina.

Forse mi sto solo illudendo.

«Non lo so amico, veramente non lo so» ribadisco ancora una volta.

Esco dalla mia stanza con ancora più dubbi e incrociare Kendra nei corridoi, non giova di certo alla mia sanità mentale, metti pure che indossa un paio di pantaloncini striminziti e la frittata è fatta.

«Ehi, stai bene? Sembri uno zombie» scherza, ignara del mio turbamento interiore.

Le sorrido il più naturale possibile.

«Non ho dormito» mi giustifico con un'alzata di spalle.

«Forse sei troppo teso, se vuoi ti faccio un massaggio» propone lei.

Indietreggio andando a sbattere contro la parete, manco avessi appena visto un fantasma o peggio, la morte con gli occhi.

«No! Tranquilla, ora esco a fare una passeggiata e mi distraggo un po'» mento, meglio non creare questo tipo di situazioni, non so se risponderei più di me stesso.
«Ok, come vuoi. A dopo allora» mi saluta lei superandomi.
Mi porto una mano al petto e inizio a respirare in modo regolare, non mi ero reso conto che stessi trattenendo il fiato.
Meglio andare a fare quella passeggiata e cercare di mettere ordine tra i miei pensieri.

Kendra Maris

Mio padre a volte sa essere davvero cocciuto.
Sono davanti a lui, mani nei fianchi e determinata più che mai a farlo ragionare, lui invece da canto suo, se ne sta seduto dietro alla sua scrivania a fissarmi con aria corrucciata.
«Logan ha sbagliato lo so bene, ma è pur sempre tuo figlio» affermo con voce roca.
Mio fratello mi manca moltissimo, da piccoli eravamo praticamente inseparabili ne combinavamo davvero delle belle.
Poi crescendo le cose sono cambiate, si è allontanato da me e dalla mia famiglia, finendo nei guai e alcuni davvero molto gravi.
Mio padre in un primo momento ha cercato di aiutarlo, gli affidato una quota della sua azienda e ha estinto tutti i suoi debiti accumulati negli anni. Ma questo non è servito a nulla, Logan ha ferito mio padre, lo ha tradito sotto ogni

aspetto per poi scappare via in un paese lontano, non lasciando alcuna traccia di sé.

«Kendra non insistere, sai bene che non ho intenzione di perdonarlo e soprattutto non mi importa dove sia o con chi sia, per me ormai è morto» afferma, alzandosi poi dalla poltrona con uno scatto.

«Papà non dire così, anzi non dovresti neanche pensarlo» lo ammonisco con impeto.

«Logan ha sbagliato, è stato irrispettoso e anche irriconoscente, ma sai quanta stima e amore aveva verso di te. Nella vita ci sono momenti bui, si commettono errori e si prendono cattive strade, questo anche per colpa delle amicizie sbagliate. Papà tutti possiamo sbagliare e tutti abbiamo bisogno di essere perdonati, soprattutto dalle persone che hanno sempre detto di amarci».

Ormai ho le lacrime gli occhi e il cuore praticamente in gola.

Lui per fortuna sembra risentito, anche se cerca in tutti i modi di non darlo a vedere.

«Promettimi che lo cercherai» dico avanzando nella sua direzione.

Lo guardo dritto negli occhi, voglio che capisca quanto sia davvero importante per me.

Ho bisogno di sapere che Logan stia bene e che non gli è successo nulla.

Ho bisogno di abbracciare mio fratello.

Papà sorride appena, poi allarga le braccia e mi invita a raggiungerlo. Sorrido a mia volta e con uno scatto veloce mi fiondo praticamente tra le sue braccia.

«Non ti garantisco nulla, ma ci proverò» dice, poi mi bacia sulla testa.

Questa per me è una grande vittoria.

Sono uscita con le mie amiche a fare shopping, avevo bisogno di svagarmi e di pensare a me stessa.

In questi giorni ho la mente affollata da mille pensieri.

Il matrimonio, mio fratello e poi Neith, l'oggetto dei miei desideri proibiti.

La passione è travolgente, non ti lascia scapo, diventi assettata e smaniosa, vorresti dissetarti e placare quella voglia matta di sentirti completamente appagata.

Neith risveglia in me tutte quelle voglie nascoste, quel desiderio irrefrenabili di sentirmi posseduta, amata e venerata.

«Ehi Kendra! Sei ancora qui con noi?» chiede la mia migliore amica, sventolandomi scherzosamente una mano davanti alla faccia.

Siamo sedute in piccolo locale in centro, avevamo fame e ci siamo fermate a mangiare qualcosa, insomma le solite schifezze fritte.

«Sì tranquille, ero solo sovrappensiero» rispondo in fretta.

Ma Allison assottiglia gli occhi e mi fissa con insistenza facendomi agitare sulla sedia.

«Che ti prende?» le domando quasi balbettando.

Brianna sorride, nascondendo poi la faccia dietro all'enorme bicchiere di Cola.

Allison mi punta un dito contro sorridendo poi in modo davvero inquietante, quasi sadico direi.

«Tu ti sei presa una bella cotta per qualcuno, ne sono sicurissima» asserisce con convinzione.

Brianna salta quasi dalla sedia per lo stupore, subito dopo mi arpiona il braccio e mi attira nel suo lato del tavolo con forza.
«Come hai osato nascondermi una cosa così importante» mi rimprovera arrabbiata.
Sbatto le palpebre più volte, sto cercando ancora di connettere bocca e cervello, ma queste due pazze mi stanno confondendo.
Finalmente mi libero dalla sua presa d'acciaio, mi massaggio il braccio guardandola torva.
«Nessuna cotta. Nessun uomo. Nessun segreto» preciso con voce tagliente.
Ma per mia sfortuna le mie amiche hanno un fiuto infallibile, non so come diavolo ci riescano, ma sanno sempre capire se mento.
«Faccio finta di credere a questa balla colossale, però nei prossimi giorni voglio la verità ma, soprattutto, i dettagli» sibila Allison, mentre Brianna concorda muovendo la testa su e giù.
Alzo le mani in segno di resa.
«Ok, va bene. Però ora smettiamola di parlare di queste scemenze e torniamo alla nostra maratona di shopping» dico alzandomi in piedi, afferro la borsetta e mi avvio verso l'uscita senza attendere oltre.
Sento le mie amiche urlarmi di non correre, ma soprattutto di non accaparrarmi i vestiti migliori.
Sorrido di gusto.
Loro sono la parte migliore di me.

CAPITOLO 4

Neith Xander

Ho ripreso gli allenamento, la spalla sta migliorando a vista d'occhio, però non devo spingermi oltre i limiti, il dottore è stato chiaro: "Niente sforzi eccessivi".

Con mia madre le cose vanno a gonfie vele, i preparativi per il matrimonio sembrano a buon punto e Mike si sta rivelando un ottimo compagno di vita e un padre davvero affettuoso e amorevole.

Le cose con Kendra sono... Complicate, cioè andiamo d'accordo, però entrambi cerchiamo di mantenere le dovute distanze. Non so cosa ci sia realmente tra noi due, è come se fossimo due poli opposti, l'attrazione tra di noi è palpabile, forte e dannatamente incontrollabile.

Mia madre questa sera ha insistito sul fatto di vedere un film tutti insieme in salotto e anche se non ne avevo alcuna voglia, mi sono sentito in obbligo di accettare e ora eccomi qui, seduto sul divano con una ciotola di pop-corn tra le mani, ma cosa più drammatica, ho Kendra seduta al mio fianco.

Il film è appena iniziato, ma io ho altro nella mente.

Non riesco a crederci, desidero questa donna sotto ogni aspetto, soprattutto sotto di me.

Non riesco a stare fermo, vorrei alzarmi afferrarla per il braccio e trascinarla in camera mia, farla godere tutta la notte, la voglio, non ci sono altre spiegazioni.

Questa serata sta diventando una tortura, sento il suo sguardo su di me, la pelle quasi mi brucia. Ho il suo profumo impresso sulla mia camicia, non resisto più.

Non so se Dio ha davvero ascoltato le mie preghiere, ma mia madre ha appena annunciato che lei e Mike devono assentarsi per alcune ore.

Ci lasciano da soli come due stupidi, nessuno dei due dice nulla, nessuno dei due si alza, sembriamo quasi pietrificati, tutti e due siamo immersi in un vortice di passione e confusione.

Dopo alcuni minuti ci alziamo contemporaneamente dal divano fissandoci intensamente negli occhi, poi lei mi fa un cenno con la testa.

Vuole che la segua? Dio non aspettavo altro.

Kendra Maris

Non so se sto facendo il passo più lungo della gamba, ma lo voglio, voglio che sia mio, almeno per una notte.

Gli sto facendo strada verso la mia camera, sento i suoi passi, sento le vibrazioni che il suo corpo emana, l'eccitazione è quasi palpabile.

Apro la porta ed entro in camera, lui si ferma prima di oltrepassare quella piccola linea che divide la realtà dal desiderio, forse ha bisogno di una conferma, ma la mia voce non ne vuole sapere di uscire, così sorrido e lo afferro per un polso trascinandolo praticamente nella mia camera.

Neith Xander

Sono così ansioso di toccarla, di stringerla e di assaporare ogni piccola parte del suo corpo, che a malapena riesco a concentrarmi.

Si lascia scappare un gridolino quando l'attiro verso di me, devo spogliarla subito, altrimenti morirò per autocombustione.
La spingo contro la parete accanto alla porta unendole le mani sopra la testa e la bacio finché il desiderio non raggiunge il culmine, le nostre labbra premono l'una sull'altra con estrema passione, tutto questo fa quasi male, ma un dolore maledettamente piacevole.
Ho le mani che tremano, non riesco a tirare giù la lampo del suo vestito, sembro proprio un imbranato in questo momento. Sento le sue mani sulle mie spalle e mi rilasso, mi dice di lasciare fare a lei.
Il modo in cui pronuncia il mio nome mi trasmette brividi di piacere, mi guarda, mi stuzzica.
Adoro il suono della sua voce, annuisco, incapace di parlare per timore di rovinare ulteriormente questo momento, non voglio che si raffreddi tutto. Fa un passo indietro, e la guardo senza fiato mentre prende l'orlo del vestito, se lo sfila e lo lascia cadere sul pavimento.
È in piedi davanti a me con un reggiseno di pizzo nero e un tanga dello stesso colore, che lascia poco all'immaginazione. Ho la bocca secca, non riesco a parlare, e neanche a muovermi.
Quando si avvicina nuovamente a me ha gli occhi ricolmi di desiderio, so che mi vuole, anche io la voglio, forse anche troppo.
La stringo a me e la travolgo con un bacio intenso, faccio correre una mano su e giù lungo la sua schiena nuda, con l'altra le piego leggermente la testa, quando le bacio il collo la sento gemere, e tutto si accende in me.

Incespico con la chiusura del reggiseno, lancio un sospiro di sollievo e frustrazione quando riesco ad aprirlo, glielo sfilo con delicatezza.

Faccio un passo indietro per poterla ammirare in tutta la sua bellezza, la vedo mordersi il labbro inferiore, è così sexy, con i capelli scompigliati e le labbra gonfie per i nostri baci accesi. Si avvicina a me, mi sfiora il petto, poi inizia a sbottonarmi la mia camicia, bastano pochi secondi e sono a torso nudo. Mi accarezza, segue le linee dei miei addominali, completamente rapita da ciò che vede, ed io mi sciolgo, adoro il fatto di piacergli.

L'afferro per la vita e la tiro su e Kendra avvinghia le sue gambe ai miei fianchi, cammino verso il letto, lei continua a baciarmi, la sento gemere quando ci stendiamo sopra il letto.

Finalmente è esattamente dove la desideravo.

Sotto di me.

Kendra Maris

È una sensazione unica averlo sopra di me, ho il fiato corto e il cuore batte all'impazzata.

Neith appoggia i gomiti sul letto per non schiacciarmi con il suo peso, mi scosta i capelli dal viso e mi accarezza, poi mi sussurra un: "Sei sexy".

Sarò arrossita di sicuro, ho la pelle completamente in fiamme, ogni volta che sento la sua voce, i suoi sospiri e suoi mugugni sento come un brivido che mi percorre la schiena fino a finire nelle mie parti più intime, questo ragazzo tira fuori il peggio di me.

Neith Xander

La vedo sorridere e ammiccare, poi con uno scatto si libera dalla mia presa, scende dal letto e si sbarazza della poca stoffa che ancora la copriva, ora è completamente nuda davanti ai miei occhi.

Cerco di contenere il mio entusiasmo e la voglia di saltarle addosso. Per non farla sentire sola mi libero del pantalone e dei boxer, lei mi guarda con ammirazione, so di piacerle, lo vedo dai suoi occhi.

Torna sul letto, gattona sopra di me, le gambe aperte intorno alle mie, e senza pensarci due volte l'afferro per il sedere e la tiro a me. Dio, è magnifico sentirla così tanto vicina a me, sento che potrei perdermi subito in lei.

Mentre mi sfiora le labbra con un bacio mi sussurra: "Ti voglio ora, ti prego!", voglio la stessa cosa anch'io.

Mi appoggio alla testiera del letto tirandola a me, e le nostre bocche si incontrano in un bacio travolgente, le sfugge un gemito, la bacio più a fondo premendo forte, voglio assaporare il suo dolce sapore, fino all'ultima goccia.

Kendra Maris

Neith Xander ha davvero un corpo perfetto.

Gli passo le mani sul petto, lui non distoglie mai lo sguardo, mi guarda fisso, sembra così concentrato e rilassato mentre io sto tremando, non riesco a trattenere il mio entusiasmo, lo desidero!

Come vorrei essere certa che anche lui mi vuole veramente, voglio capire se mi desidera quanto io desidero lui.

Come se avesse letto nei mie pensieri, Neith con voce roca mi sussurra all'orecchio: "Ti voglio", socchiude gli occhi e li riapre, sembrano ardere come fuoco.

«Non resisto più, Kendra» dice con voce tremante.

Adoro che dica il mio nome nello stesso respiro in cui dichiara di volermi, mi afferra per la vita e mi spinge sotto di lui.

«Sei bellissima», sussurra contro i miei seni mentre gli dedica tutte le sue attenzioni.

Affondo le mani nei suoi capelli e lo stringo a me, contorcendomi sotto i suoi baci, i suoi morsi e la sua lingua così maledettamente esperta.

Mi afferra per i polsi, ma non stringe.

«Voglio che tu sia mia», china la testa e si strofina contro le mie guance, gemo di piacere mentre con le dita gli accarezzo il collo.

«Voglio essere tua», rispondo in un sussurro.

Mi bacia con trasporto, ho il corpo che freme, lo desidero, sento che sto per perdere quasi il controllo, ma in quel preciso istante scivola dentro di me, sento che ha indossato il preservativo, giuro che non mi sono neanche accorta che lo avesse preso, sono veramente sotto il controllo di quest'uomo, lui è puro veleno per me.

Iniziamo a muoverci, insieme, all'inizio lentamente, perché entrambi abbiamo bisogno di trovare il ritmo giusto, ma non ci vuole tanto.

Le sue spinte si fanno più intense, più forti, facendomi perdere la testa a ogni colpo. Mi sto sciogliendo, ho i

pensieri annebbiati, quest'uomo mi sta consumando velocemente, so che sono al limite, spero solo che anche lui lo sia.
Mi lascio andare, lo sento gemere contro il mio collo, i nostri corpi tremano, mentre il piacere ci invade fin dentro le viscere.

Appena sveglia lo cerco con la mano, ma lui non c'è, mi alzo lentamente, sono ancora indolenzita, ma mi sento completamente appagata. Ma una strana sensazione si impossessa di me, mi sento usata, perché andarsene?
Perché scappare via e lasciarmi qui come un oggetto vecchio.

CAPITOLO 5

Neith Xander

Mi sento veramente una merda!

L'ho lasciata nel suo letto come una donna usa e getta, sono certo che in questo momento mi starà lanciando ogni genere di maledizione.

Sono uscito a fare una corsa. Avevo il bisogno di correre, di sentire il vento sulla mia pelle, ma soprattutto dovevo mettere ordine nella mia testa. Ù

Dio mio, come ho fatto a non notarlo? Ho lasciato che gli istinti animaleschi mi guidassero, non mi sono neanche accorto se lei fosse a disagio, ho solo pensato a me stesso, mi sento maledettamente in colpa.

Quando mi sono svegliato è stato bellissimo, sentire il suo respiro vicino al mio orecchio mi ha trasmesso un senso di pace indescrivibile. Avevo i suoi capelli sparsi sul petto, profumava di buono. La sua mano era poggiata sul mio ventre, qualcosa in basso era già sugli attenti, vederla così faceva risvegliare tutto in me.

Poi ho notato quel bracciale, non me lo ricordavo per niente, strano che mi fosse sfuggito. Ho accarezzato la sua mano e sono sceso sul suo bracciale, le fasciava completamente il polso, ho cercato di scostarlo leggermente senza farla svegliare, in quel momento, in quel preciso istante mi sono sentito attraversare da un brivido, mi sono irrigidito dalla testa ai piedi.

Sul suo polso c'era una profonda cicatrice, mi sono lasciato prendere dall'ansia e soprattutto dalla rabbia.

Avrei voluto spaccare tutto, mi sono chiesto se fosse stata lei a farselo, oppure era stato qualcun'altro? Ma se fosse stata lei, perché? Che cosa le era successo?

Mi sentivo una merda, non avevo pensato minimamente a lei, avevo perso il controllo, la volevo, questo è tutto ciò a cui avevo pensato.

Kendra Maris

Dopo essermi fatta una doccia lunghissima sono andata in cucina per fare colazione, lui purtroppo ancora non c'era. Mi sono fatta del caffè e ho preso una ciambella dal vassoio, sto mangiando sì, ma ho lo stomaco sottosopra, ci sto pensando e ripensando, perché è andato via?

Non gli sono piaciuta? Si è pentito? Dio mio, ma perché deve essere tutto così complicato.

Ieri con lui è stato bellissimo, mi sono lasciata andare, con Neith non ho pensato a nulla, ma soprattutto a nessuno. Non ho avuto paura, con lui volevo che accadesse, lo volevo sopra di me, dentro di me, volevo che diventassimo una cosa sola.

Senza rendermene conto mi ritrovo ad accarezzare il mio bracciale sulla mano destra, questo fa parte del passato, ma non voglio ancora che gli altri vedano, non voglio che mi giudichino debole, non voglio sentire nessuno sguardo di compassione su di me, l'ho superato, sono stata forte, non lo rifarei, questo è sicuro. Ma odio il fatto che la persona che mi ha spinto a fare questo sia ancora libera, ma soprattutto che stia con mia madre.

Perché a quei tempi ho avuto così paura di dire la verità?

Perché ho pensato che era stata tutta colpa mia?

Forse perché la mamma mi ha spinto a crederlo, ed io per non ferirla, per far sì che tutto finisse mi sono convinta che ciò che mi veniva detto era la verità.

Meglio vestirmi e andare a fare compere, devo ancora scegliere un regalo per il matrimonio.

Devo ammetterlo, sono veramente felice per mio padre, Dana è una donna stupenda, forte e dolcissima.

Molte volte mi ritrovo a parlare di mille cose con lei. Dana è sempre pronta ad ascoltarmi e aiutarmi, ma soprattutto a consigliarmi, però senza essere invadente.

Spesso ho desiderato che lei fosse la mia vera mamma, le voglio un bene dell'anima.

Poi c'è il mio papà, lui è il mio eroe, lui è tutta la mia famiglia. Se solo fossi stata più sincera con lui.

Neith Xander

Sarà meglio rientrare a casa.

Devo parlare con Mike della sorpresa per mamma, lei ha sempre desiderato fare un giro in mongolfiera, prima sono passato a chiedere e mi hanno detto che nel fine settimana è disponibile un giro di un'ora sulla città, di sicuro le piacerà, ho tempo per organizzare tutto, oggi è appena lunedì, il matrimonio sarà la prossima settimana.

Non ho mai visto la mamma così felice, ammiro Mike perché riesce sempre a capirla e a farla sentire speciale, sono felice che lui è l'uomo che le starà accanto, spero con tutto me stesso che duri per sempre.

Quando rientro a casa trovo Mike e mia madre in cucina, ma lei non c'è, anche se devo ammettere che ho tirato un sospiro di sollievo, so che non reggerei il suo sguardo.

«Tesoro vuoi un po' di caffè? Ci sono anche le ciambelle» chiede mia madre tutta sorridente.

«Solo un caffè, grazie mamma», dico allungando la mano per prendere la tazza di caffè.

«Kendra è uscita per negozi, le ho suggerito di aspettarti, così potevate fare un giro per la città, ma ha detto che aveva da fare, cose da "donne". Se vuoi ti accompagno io, ne hai voglia?» chiede sfiorandomi un braccio con affetto.

«Mamma non importa, tra poco esco con un amico, abita qualche isolato da noi, non lo vedo da mesi» dico sorridendo.

«Come desideri. Ora però vieni qui! La mamma vuole riempirti di baci».

Mi attira verso di sé e inizia a sbaciucchiarmi, lasciandomi i segni del suo rossetto rosa pallido su tutto il viso.

«Ma mamma, non sono più un bambino!» mi lamento, cercando poi di scacciarla via senza riuscire a non sorridere.

«Ma smettila, sai che per me lo sarai sempre» afferma dandomi un buffetto scherzoso sulla testa.

Qualche minuto dopo sono pieno di rossetto, mi ha veramente strapazzato come uno zabaglione.

Dopo aver salutato la mamma e Mike salgo a fare una doccia, Tommy mi dovrebbe raggiungere tra un'oretta.

Non faccio altro che pensare a Kendra.

È uscita per non incontrarmi, questo mi fa capire che l'ho ferita, mi sento un completo idiota. Dovevo restare, magari cercare di farla parlare, so che queste cose non sono mai facili, ma facendo così ho solo complicato le cose. Lei mi interessa veramente, ieri è stato bellissimo, sono riuscito a dimenticare tutto e tutti, c'era solo lei nella mia testa.

Mi sono sentito indispensabile, mi sono sentito vivo.

Kendra Maris

Sono uscita di casa di corsa, quasi come se avessi un branco di lupi alle calcagna, dovevo assolutamente allontanarmi.

Appena sono arrivata al mio negozio preferito mi sono accorta di aver dimenticato la borsetta con i soldi, il cellulare e le carte di credito, brava Kendra, veramente brava!

Sto ritornando a casa e sto pregando Dio che lui non ci sia, non ho voglia di vederlo, non so proprio come reagirei, forse gli potrei dare un pugno sul muso, oppure un calcio nelle palle, vabbè entrambe le cose mi farebbero sentire meglio.

Abbozzo un sorriso che purtroppo scompare immediatamente quando mi ritrovo Neith e Tommy sulla soglia di casa.

Dio hai veramente intenzione di vedermi stramazzare al suolo? Odio Neith per come mi ha abbandonata nel letto dopo una notte di sesso strepitoso e odio Tommy perché?

Perché semplicemente è il mio ex, cioè colui che mi ha spezzato il cuore andando a letto con la mia migliore amica, anzi mi correggo, la mia ex migliore amica.

Sono certa che i due mi hanno già visto, e spero ardentemente che riescono a sentire il mio sguardo su di loro, perché sto emanando rabbia e odio allo stato puro, potrei fare un duplice omicidio e l'idea non mi dispiace per niente.

Neith Xander

Eccola lì, così bella ma anche così fragile, ma adesso devo ammettere che quello sguardo mi fa paura, sembra che voglia incenerirmi o infliggermi ogni sorta di tortura.

Istintivamente mi porto una mano alle parti bassi, ho paura che voglia castrarmi, da come mi sono comportato con lei non la biasimo, anzi in un certo senso faccio il tifo per lei.

È davanti all'entrata, nessuno dei due, anzi dei tre ha intenzione di rompere questo silenzio, sembra una stanza piena di gas, dove basta una scintilla per fare esplodere ogni sorta di emozioni, in questo caso la furia omicida di Kendra.

«Tu cosa ci fai qui idiota?» chiede con voce adirata.

Sbarro gli occhi, dirizzo le spalle per istinto, ma quella domanda così secca e pungente non è rivolta a me, ma bensì al mio migliore amico.

Cosa mi sta sfuggendo?

Si conoscono? In che rapporto sono?

Ma più di tutto, perché sono geloso?

Kendra Maris

Mi sta sorridendo come un ebete, ma che faccia da schiaffi, mentre l'altro veramente non riesco a decifrarlo.

Sembra sorpreso, curioso e poi... Geloso? Ma come si permette, non deve, non può essere geloso dopo avermi trattato come un'oggetto usa e getta, per sua fortuna in questo momento voglio solo che Tommy, quella sottospecie di verme se ne vada via all'istante.

Vedere la sua stupida faccia e quel sorriso maledettamente bello mi fa ribollire il sangue.

«Baby calmati, non sono venuto per te, ma per Neith, siamo amici d'infanzia» dice quasi sogghignando.

Benissimo, me li vado a scegliere tutti io gli uomini sbagliati, secondo me il mio radar ha qualche problema, capta sempre guai, sempre e solo guai.

«Primo, non chiamarmi mai più baby. Secondo, questa è casa mia. Tu e il tuo amico potete anche andarvi a fare un giretto» dico ormai con il veleno in corpo.

«Scusaci Kendra, stavamo proprio andando. Tommy dai muoviti andiamo via», si affretta a dire Neith con tono di scuse.

Ma che odioso, fa pure la parte del cane bastonato. Vai a vedere che adesso quella che ha torto sono io.

Neith Xander

È entrata come una furia in casa, mi sa che voleva tranciarmi di netto, mi sono spostato giusto in tempo.

Non so perché, ma venderla così furiosa mi ha fatto eccitare. Che cosa ho che non va?

Quella donna mi manda in confusione neuroni e ormoni, la trovo maledettamente irresistibile.

Passiamo a Tommy, voglio sapere assolutamente che cosa c'è o c'è stato tra di loro, ma soprattutto come mai lo odia.

«Senti, ora mi spieghi come mai Kendra ti detesta?» dico tutto d'un fiato.

«Non è che mi detesta, vorrebbe solo vedermi morto e poi ballare sulla mia tomba.» dice con tono scherzoso.

«Che cosa le hai fatto?» chiedo digrignando i denti.

«Pensi subito che la colpa sia mia, ne sei certo?» chiede con tono serio, inarcando poi un sopracciglio.

«Assolutamente sì» dico in tono maledettamente serio.

Lui abbassa la testa e inizia a parlare.

«Siamo stati per tre anni insieme, tutto andava per il meglio, fino al momento in cui non mi sono portato a letto la sua migliore amica. Dopo quello spiacevole episodio, lei ha messo fine alla nostra storia».

«Che idiota che sei! Come hai potuto farti sfuggire una donna come lei?» dico con rabbia, anche se non è del tutto diretta a lui.

«Non è che la biondina ti piace?» mi chiede ad un tratto Tommy.

«Per favore, sai che non è così» dico dandogli una pacca sulla spalla.

Sei un bugiardo Neith.

Marcirai all'inferno.

CAPITOLO 6

Kendra Maris

Stupidi uomini! A volte penso che sarebbe meglio cambiare orientamento sessuale, sono certa che non avrei tutti questi problemi.

Noi donne siamo così dolci e comprensive, ma soprattutto solidali.

Cioè dai, ma che sfiga, il mio ex doveva per forza essere amico di quello stupido di Neith, che poi ripensando a un vecchio proverbio: "I coglioni vanno sempre in coppia", non mi sorprendo più di tanto.

È colpa mia. Non dovevo lasciarmi andare.

Non mi sono mai comportata in questo modo. Non ho mai reagito d'istinto.

Come ho potuto lanciarmi nelle braccia di un uomo che non conosco, sono diventata proprio una donna facile?

Maledetta attrazione, maledetti ormoni, maledetta me!

Neith Xander

Tra un bicchierino e l'altro ho sfilato il cellulare dalla tasca di Tommy, non so bene il motivo, ma mi sono ritrovato a scorrere la sua rubrica, perché? Volevo il numero di Kendra.

So che se ci incontrassimo in casa mi eviterebbe come la peste o peggio ancora, potrebbe prendermi a calci in mezzo alle gambe. Il solo pensiero mi fa venire un dolore lancinante alle parti basse, meglio scacciare questo orribile pensiero.

Per mia fortuna il mio stupido amico ha ancora il suo numero memorizzato. Senza pensarci mezzo secondo le scrivo poche righe, spero solo che mi risponda, mi basta anche un piccolo insulto.

"Sono Neith, ho bisogno di parlarti, ti prego non ignorarmi"

Il mio cellulare si illumina, per fortuna la risposta è stata immediata.

"Ti prego, ammazzati"

Almeno ha scritto ti prego, Dio non smetto di ridere, immagino il suo ghigno mentre digitava queste poche righe. Quella donna è capace di mandarmi in pappa il cervello. Giuro che in questo momento vorrei solo affondare nel suo corpo, accarezzare la sua pelle e consumare le sue labbra con lunghi e intensi baci.

Quella donna mi attrae come il miele con un orso, la desidero ardentemente, devo, anzi voglio farmi perdonare.

"Giuro che mi ammazzerò, però voglio almeno parlarti, spiegarti la ragione del mio comportamento, me lo devi"

Passano alcuni minuti, ma il mio cellulare non emette nessun suono, non so se risponderà, non so che cosa le passi per la testa in questo momento.

"Stupido idiota, invece di startene con la testa abbassata a fissare la bottiglia di birra, girati, guarda fuori dal bar"

Mi giro di scatto, quasi casco dallo sgabello, eccola!

È seduta su un muretto con due amiche, c'è anche un ragazzo, ma di primo acchito sembra che non stia con lei, forse è un passante.

Gli sorrido come un'idiota, ma lei invece di sorridermi mi guarda con un'espressione accigliata. Non ci crederete ma ha tirato fuori il dito medio, Dio mio adoro quella donna. Chiudo gli occhi e scuoto la testa, ma quando li riapro, il mio cuore quasi smette di battere, la rabbia si diffonde in ogni muscolo del corpo, quel ragazzo la sta stringendo tra le sue braccia.

Voglio sapere chi diavolo è quel damerino!

Ma più di tutto voglio uscire fuori è strapparla dalle sue grinfie e poi spaccargli il muso.

Kendra Maris

Mentre si avvicina verso di me ha lo sguardo puntato addosso al mio migliore amico, non so perfettamente cosa stia pensando, ma quello sguardo non promette nulla di buono.

Istintivamente mi metto davanti a Dylan, non voglio che Neith gli faccia nulla, anche se ammetto di non conoscerlo fino in fondo, però so benissimo che di professione fa il pugile, perciò meglio non rischiare.

Alzo il mento e lo guardo dritto negli occhi.

Voglio che capisca perfettamente che io da qui non mi muovo, costi quel che costi.

Neith Xander

Giuro che in questo momento vorrei comportarmi come un troglodita, afferrare Kendra con un braccio e portarla accanto a me, cingergli la vita e urlare a quel damerino: "Lei è mia", però scaccio via in un istante questo

pensiero, appena vedo che lei si frappone tra noi due, ma che cosa significa quell'idiota per lei?
«Che ci fai qui con lui?» le urlo come un fottuto idiota geloso.
«Primo, io posso stare dove mi pare e con chi mi pare. Secondo, non sono affari tuoi» dice puntandomi un dito contro.
«Non fare la ragazzina» dico scacciando la sua mano con un gesto brusco.
«Senti tu, non ti permettere di giudicarmi, non sei nessuno per darmi ordini. Comunque lui è Dylan.» dice indicando il damerino alle sue spalle.
Lo fisso con sguardo truce. Il suo viso mi sembra di averlo già visto, ma ciò non toglie che sembra un emerito cretino.
«Lo stai fissando come se fosse un alieno, comunque lui è il cantante dei Devils» dice lei con tono fiero.
Ah ecco perché mi era noto, se non sbaglio lo vidi a un concerto a Miami, ero insieme a una rossa, di cui in questo momento non ricordo neanche il nome.
Sembra un tipo a posto, ma ciò non toglie che mi irrita se tocca o sfiora Kendra.
«Ciao amico, tu devi essere il suo futuro fratellastro? Piacere di conoscerti.» dice porgendomi la mano. Non mi muovo e non gli stringo la mano.
«Mentirei se ti dicessi piacere mio, perciò ciao.» mi limito a dire.
«Sempre troppo simpatico. Dylan non ci far caso, lui è fatto così. Andiamo a bere qualcosa, voglio liberarmi di qualche peso.» dice con tono civettuolo.

Senza rendermene neanche conto, l'ho afferrata per le ginocchia e me la sono caricata sulle spalle. Kendra urla e mi minaccia di morte, ma io faccio finta di nulla, mi colpisce ripetutamente sulla schiena, ma non mi importa, lei deve ascoltarmi, con le buone e con le cattive.

Quando arriviamo al mio SUV è praticamente senza fiato, la faccio sedere sul sedile posteriore, chiudo la portiera e faccio il giro per poter salire anche io e sedermi al suo fianco. Quando salgo in auto mi guarda subito con rabbia e disprezzo.

«Ma come cavolo ti è venuto in mente di portarmi via come se fossi di tua proprietà?».

«Infatti lo sei!» urlo senza pensarci neanche un attimo.

«Nei tuoi sogni mio caro. Io non sono niente per te, tu non sei niente per me, perciò ora scendo da questa cavolo di auto e me ne torno dai miei amici. Voglio poter bere fino a quando non mi dimentico anche il mio nome.» dice afferrando la maniglia della porta.

«Non te lo permetterò, non puoi!» dico afferrandola per il polso.

«Perchè?» mi urla lei di rimando.

«Perchè tu sei proprio dove dovresti essere. E poi ci sono altri modi per farti dimenticare anche come ti chiami.» dico con voce roca.

Kendra Maris

Mi sono bloccata completamente, ho ancora i nervi a fior di pelle, però sono anche maledettamente eccitata.

Neith mi solleva la testa, mi fa scorrere il naso sul collo e poi mi dà un bacio sul mento.

«Lo so di cosa hai bisogno, so anche che sono l'unico che può darti piacere, quel piacere capace di farti dimenticare cosa sia giusto o sbagliato».

Sono completamente paralizzata, non riesco a fare altro che fissare le sue labbra, ho la gola praticamente secca e odio ammetterlo ma sono eccitata, sembro quasi una ragazzina alla sua prima volta, sono ridicola, maledettamente ridicola.

«Mi hai portato al limite, Kendra. Ce la sto mettendo tutta per fare il bravo, so che non posso perdere il controllo sul sedile di una cazzo di auto, ma non resisto, ti voglio!» dice con il viso a un palmo dal mio.

Faccio di no con la testa, so che non è giusto, ma non può fermarsi, non deve controllarsi, voglio che mi tocchi, voglio che mi desideri, voglio sentirmi amata.

«Ti prego, non contenerti.» dico senza pensarci su, annebbiata dalla lussuria e l'eccitazione del momento.

Neith si lascia scappare un sospiro carico di frustrazione.

«Per favore piantala Kendra, altrimenti esplodo. Ti voglio sopra di me, sotto di me, voglio scivolare dentro di te con estrema lentezza e perdermi nel tuo corpo da favola, ma non voglio che accada in questa auto, voglio poterti ammirare, perciò tu sarai nel mio letto questa notte».

Se non fossi seduta sono certa che stramazzerei al suolo, sono completamente in estasi, voglio quest'uomo più di ogni altra cosa, perciò riesco solo ad annuire. Vedo il suo viso piegarsi in un sorriso, poi scende dall'auto e si mette al volante, io praticamente sprofondo nel sedile posteriore, devo riprendermi, devo darmi un minimo di contegno.

Siamo appena arrivati a casa, non so cosa dire, faccio per aprire la porta ma lui mi tira a sé, mi stringe forte, sento il suo corpo irrigidirsi al contatto con il mio.

Mi sta baciando, Neith non va troppo per il sottile, i suoi baci sono appassionati, vogliosi, ed io sono felice.

Si stacca da me solo per permetterci di respirare, mi prende il viso con entrambe le mani, mi sorride, vedo nei suoi occhi il desiderio e la voglia di avermi tutta per sé.

«Andiamo di sopra, ti voglio nel mio letto.», la sua voce è quasi un sussurro, la sua non è una richiesta, sembra quasi una preghiera.

Neith Xander

Labbra che continuano a toccarsi, lingue che si stuzzicano, mani che tremano, cuori che battono all'unisono.

Andiamo avanti a baciarci per un bel po', strusciandoci l'un l'altra, la voglia aumenta sempre di più. Devo riflettere, devo parlare con lei, voglio chiederle di quelle cicatrici, ma le mani iniziano a vagare, il fiato inizia a farsi corto, ci siamo completamente dimenticati di trovarci ancora nel corridoio, potrebbe vederci chiunque, ma siamo troppo presi dalla passione per connettere cuore e mente.

Kendra Maris

Quest'uomo sa proprio come sconvolgermi, penso dentro di me, mentre la sua bocca mi cattura per l'ennesima volta. Bacia benissimo, anzi aggiungerei divinamente.

Neith d'un tratto riacquista il controllo della situazione, si stacca con decisione da me e sospira.

«Cosa c'è?» chiedo con tono allarmato.

«Kendra ho bisogno di parlarti, non voglio ripetere di nuovo lo stesso errore».

Prendo un po' di distanza da lui, non so di cosa voglia parlarmi, perché deve rovinare questo momento?

Mi prende il polso con delicatezza, sfiora il mio bracciale d'argento, poi mi guarda con uno sguardo colmo di apprensione e di compassione, odio sentirmi così, non voglio essere guardata in questo modo.

Scaccio la sua mano con forza, ho gli occhi ricolmi di lacrime, non riesco quasi a respirare, non voglio che mi giudichi, non voglio sentirmi debole, mai più.

«Cosa vuoi da me?» chiedo stringendomi il polso.

«Voglio solo la verità.» asserisce, accarezzandomi poi il viso.

«Perché?» chiedo con voce allarmata.

«Perchè ci tengo a te, ancora non l'ho hai capito?» dice stringendomi a sé.

«Ma ci conosciamo da poco tempo. Venire a letto con me non vuol dire avere il monopolio su ogni mia azione.» dico sciogliendomi dal suo abbraccio.

«Penso di essermi innamorato di te, cavolo!» mi dice con voce mozzata.

Le sue parole mi lasciano senza fiato.

Mi lascio travolgere dalle emozioni, mi inginocchio e mi porto le mani sul viso, ho bisogno di piangere. Lo vedo correre verso di me, si inginocchia e mi prende tra le sue braccia sollevandomi dal pavimento, poi mi porta nella mia camera.

Gli porto le mani al collo e mi lascio travolgere da un pianto liberatorio.

Neith Xander

Siamo stesi sul letto, Kendra ha la testa poggiata sul mio petto, le faccio scorrere le dita nei capelli, voglio che si calmi. Non le pongo alcuna domanda, deve essere lei a parlare, deve fidarsi di me.

«Avevo 14 anni».

La sua voce è quasi un sussurro, la sento tremare, per istinto la stringo ancora più forte. Mi prudono le mani, vorrei tanto sapere chi o che cosa l'ha portata a questo punto.

«Lui ha abusato di me e ha fatto credere a mia madre che ero stata io ad ammaliarlo, che ero stata io a volere che venisse a letto con me».

Mi irrigidisco completamente, lei lo capisce, perché subito mi accarezza il braccio.

«Chi era?» chiedo con tono apparentemente rilassato.

«È l'attuale marito di mia madre. Lei non mi ha mai creduto, quando poi a 15 anni mi sono tagliata un polso nella mia camera e mi hanno portato in ospedale, lei non mi ha chiesto come stessi, non mi ha mai chiesto cosa provavo, non mi ha mai detto ti credo, mi ha detto semplicemente: "Smettila di cercare di attirare l'attenzione su di te, sei solo una piccola ipocrita"» rivela con un filo di voce.

«Giuro che in quel momento mi sono odiata, perché non sono riuscita a tagliare più a fondo, perché sono e sarò sempre debole.» dice tra i singhiozzi.

«Oddio piccola, tu sei forte, tu hai affrontato tutto questo da sola. Guardati, sei bellissima, sei dolcissima, sei maledettamente forte, aggiungo anche sexy, non posso farci nulla, ti trovo irresistibile.» dico baciandole la testa. La sento sorridere, anzi scoppia proprio a ridere, ed è un suono divino, vorrei poterla vedere sempre sorridere così. Vorrei tanto che quel coglione mi capitasse tra le mani, giuro che lo ammazzerei di botte.

La stringo ancora più forte a me.

«Ti proteggerò io.» le sussurro. Questa è una promessa. Sorride, solleva la testa e mi bacia sulle labbra.

«Hai detto che pensi di amarmi?» mi chiede all'improvviso.

«Sì» le rispondo con decisione. So che è presto, ma ho imparato che l'amore va contro il tempo, le difficoltà, gli imprevisti e l'età. Voglio afferrare questo sentimento, voglio stringerlo, custodirlo e alimentarlo.

«Baciami, toccami, voglio fare l'amore con te.» mi sussurra lei come risposta.

«Forse dovremmo parlare...» cerco di dirle nella speranza di spezzare quello che è iniziato. Mi preme un dito sulle labbra e mi zittisce dolcemente, poi riprende a baciarmi. La sua lingua preme con decisione, mi provoca e mi suscita sensazioni meravigliose, il mio corpo traditore reagisce alle sue avance.

Kendra Maris

Si alza velocemente, lasciandomi come una cretina distesa sul letto, lo guardo con aria accigliata, ma lui con tutta risposta mi sorride, un sorriso tremendamente sexy da farmi tremare le ginocchia, se non fossi distesa sul letto sarei cascata a terra come una pera cotta.

«Neith...» la mia voce è quasi assente, sono completamente in balia dei suoi occhi.

Lui mi guarda con aria determinata, riesco a leggere nei suoi occhi il "desiderio", lo stesso desiderio che sta riempiendo ogni parte del mio corpo.

Inizia a sbottonarsi la camicia velocemente, subito dopo rimane a torso nudo di fronte a me, uno spettacolo meraviglioso. Mi sollevo sulle ginocchia e mi avvicino a lui. Allungo una mano e tocco il suo petto, è così muscoloso e liscio, vorrei poterlo leccare tutto, ma che cavolo dico? Oddio sono cotta.

Lui trattiene il respiro e socchiude gli occhi, poi mi afferra e riprende a baciarmi chinandosi sul letto. Infine si lascia cadere sopra di me. In poco tempo siamo entrambi quasi del tutto spogliati. I nostri corpi si strusciano, si cercano, come se volessero diventare un'unica cosa, le nostre mani si intrecciano.

Ci tocchiamo in ogni punto, anche quelli più intimi e nascosti. Prima di continuare lo vedo osservarmi nervosamente, come se attendesse una conferma, è così dolce, credo di amarlo, ma non voglio sbilanciarmi.

Poco dopo noto che prende qualcosa dalla tasca dei pantaloni che ha buttato per terra. Sento nuovamente le sue labbra, prima sulla bocca e poi sul collo, le mani si muovono frenetiche sul mio corpo.

Fare l'amore con Neith è una scoperta sempre nuova, riesce a sconvolgermi e a farmi sentire desiderata. Vedo con un pizzico di orgoglio che sta facendo fatica a controllarsi, è completamente preso da me, ed io da lui.

Lo sento scivolare dentro di me con dolcezza, si muove lentamente, so che sta facendo di tutto per farmi stare bene, è ancora meglio della prima volta. Iniziamo a muoverci entrambi, prima con ritmo lento, poi più frenetico e intenso. Non fa altro che sussurrare il mio nome mentre porta entrambi al culmine del piacere.

CAPITOLO 7

Kendra Maris

Sento che sto per svegliarmi, ho le palpebre ancora pesanti. Ieri dopo aver fatto l'amore con lui, siamo rimasti nudi, stretti uno all'altra. Neith ci ha coperti entrambi con un lenzuolo e si è accoccolato nell'incavo del mio collo tenendomi le braccia attorno alla vita. Sono stata bene stretta a lui. Non avevo mai conosciuto il calore di un abbraccio sincero prima di incontrare Neith.

Appena sveglia lo cerco al mio fianco, non oso aprire gli occhi, tasto il materasso più di una volta, ma lui non è accanto a me. Sento che il panico mi assale, ti prego Dio non di nuovo.

Apro gli occhi quasi con riluttanza, il mio cuore quasi mi schizza fuori dal petto, lui è appoggiato alla porta del bagno, con un asciugamano che gli copre solo la parte inferiore, i miei occhi risalgono lentamente, ha dei pettorali pazzeschi, di sicuro sto sbavando come un mastino, non posso fare diversamente, quell'uomo è un angelo in terra. Salgo ancora più su, ed è proprio quando incontro il suo viso che i miei polmoni si rifiutano di far entrare ossigeno, mi sta sorridendo, non un sorriso beffardo, ma un sorriso dolcissimo e pieno d'amore.

«Dormito bene principessina?»

«Mmm... Certo, avevo un'ottima compagnia nel mio letto» dico stiracchiandomi.

«Se ti fossi svegliata prima, avresti avuto anche un'ottima compagnia nella doccia».

«Ma uffa! Perchè non la faresti una seconda doccia?» dico con tono civettuolo.

Si avvicina lentamente al letto, sembra un leone che ha puntato la sua preda, deglutisco con forza, adoro essere io la sua preda. Si abbassa sul letto, mi sfiora le labbra con il pollice, con l'altra mano mi accarezza la guancia, si avvicina ancora di più, la sua bocca è quasi sulla mia… Sono praticamente in iperventilazione.

«Con te? Ne farei una, due, tre, quattro e… Ancora e ancora senza mai stancarmi.» dice con voce roca.

Ok sono ufficialmente morta, ho le orecchie completamente tappate, lui parlava della doccia vero? Sono solo io che ho immaginato qualcosa di diverso, tipo io e lui sotto la doccia a lavarci e strusciarci e poi... Vabbè sapete il continuo. Ma non mi sono limitata alla doccia, letto, scrivania, pavimento, ma che sono un coniglio in calore? Quest'uomo mi farà perdere il lume della ragione.

Si scosta lentamente da me, sorride con aria beffarda, ha capito cosa sto pensando, sa l'effetto che mi fa, ci sta marciando alla grande, ma non sa che i giocatori sono due.

Scendo dal letto gattonando come una gatta, spero di sembrare sexy, perché veramente ci sto provando, non voglio fare la figura della stupida. Ma mi basta guardarlo in viso per capire che gli piace ciò che vede, che non gli sono indifferente. Mi lecco le labbra e lo guardo di sottecchi, scendo dal letto e ancheggio come una modella fino alla porta del bagno, sono completamente nuda, sento il suo sguardo su di me, sembra quasi fuoco. Lo vedo che si avvicina alla porta, ma prima che arrivi troppo vicino, gli faccio la linguaccia e chiudo la porta.

«Principessa cattiva. Non vale istigarmi e poi tagliarmi fuori».

«Sei stato tu ad iniziare».

«Ma dopo quella scesa sexy dal letto ho bisogno di una doccia fredda, magari con te» dice con tono quasi implorante.

«No no, resta fuori!»

«Ma non è giusto!» dice con finto tono stizzito.

Mi gusto questa piccola vittoria, almeno per qualche secondo, poi apro la porta e lo invito a seguirmi. Appena mi vede lascia cadere l'asciugamano per terra e si tuffa praticamente su di me. Gli getto le braccia al collo e sospiro quando mi tira su appoggiandomi con la schiena alle piastrelle bagnate e si infila tra le mie gambe con un movimento dolorosamente lento. I miei gemiti sono sempre più forti, quasi stento a riconoscere la mia voce, l'acqua scorre tiepida sui nostri corpi, i nostri respiri riecheggiano nel bagno, mentre le sue anche spingono ritmicamente, il cuore mi rimbomba in petto, è così bello, tutto questo desiderarsi e prendersi, senza freni, senza paure, mi lascia quasi senza respiro. Non so come ma ci ritroviamo fuori dalla doccia, la mia schiena sul letto e Neith sopra di me a dondolarci all'unisono, mentre le mie cosce lo stringono sempre di più.

La sua bocca è calda e avida, mi consuma e mentre ci muoviamo allo stesso ritmo, entrambi raggiungiamo l'apice del piacere urlando i nostri nomi.

Neith Xander

Siamo seduti uno accanto all'altra a fare colazione insieme ai nostri genitori.

Non facciamo altro che sorridere e toccarci di nascosto sotto al tavolo, sembriamo due adolescenti alla prima cotta, anzi io ho quasi gli ormoni che scoppiano.

Questa donna è una bomba del sesso, non riesco a togliermi dalla mente il suo corpo nudo e alle sensazioni che mi fa provare quando la sua bocca è sul mio corpo, non ne parliamo poi di quando le sue mani esperte e calde mi accarezzano. Meglio darmi una calmata, va a finire che la stendo sul pavimento davanti ai nostri genitori.

«Ragazzi oggi vi va di venire a comprare gli abiti per la cerimonia?».

La voce di mia madre quasi mi fa cascare dalla sedia, vedo che Kendra sta sghignazzando senza pudore, ma come resisterle? Rido anche io di gusto, con mio stupore anche Mike sorride.

È una bella sensazione essere circondati da tanta felicità, era da tempo che non sentivo il calore di una famiglia, in questo momento vorrei che anche lei fosse qui con me, la mia Sabry. Dio, mi manca così tanto.

Kendra si è accorta subito che mi sono incupito, perché mi stringe forte la mano e mi guarda con aria preoccupata. Voglio aprirmi con lei, glielo devo, anzi più che altro ne sento il desiderio.

«Certo mamma, quasi dimenticavo, domani ho una sorpresa per te e Mike» dico sorridendo.

«Sai che adoro le sorprese, sei davvero un tesoro!» squittisce mia madre.

«Lo so. Questa ti piacerà tantissimo.» dico gonfiando il petto.
Kendra mi guarda con occhi curiosi, dopo le racconterò la mia sorpresa, e poi ce ne sarà una anche per lei.

Kendra Maris

Scegliere il vestito adatto non è un'impresa da poco, sono tutta sudata e appiccicosa, di sicuro sarò un disastro, anche se Neith non fa altro che mangiarmi con gli occhi.
Ogni vestito che mi sono provata gli piaceva, qualcuno moltissimo, l'ho visto cambiare posizione sulla sedia almeno un paio di volte, la cosa mi ha divertita troppo.
Alla fine ho scelto un abito nero che mi fascia perfettamente la vita, lungo e con uno spacco vertiginoso, e per giunta mi lascia la schiena completamente nuda.
Quando ho urlato "lo prendo", quasi Neith cascava dalla sedia. Senza farsi notare troppo si è avvicinato e mi ha sussurrato: "Hai proprio deciso di farmi diventare un assassino", con aria innocente gli ho chiesto il perché, lui ha inarcato un sopracciglio e mi ha sussurrato: "Perché ucciderò ogni uomo alla cerimonia che oserà guardarti con un secondo fine".
È stato eccitante ascoltare le sue parole, mi piace il fatto che sia geloso, adoro sentirmi desiderata, adoro sentirmi bella e Neith ci riesce con estrema facilità.

Neith Xander

Dopo una giornata di shopping, ci siamo rintanati in camera. La mamma e Mike sono usciti con amici, mentre io e Kendra ne abbiamo approfittato per chiuderci in camera a guardare un film e mangiare schifezze.

È bello scoprire che le piccole cose, fatte con la persona giusta si trasformano in un qualcosa di unico, di magico.

La sua risata mi riempie il cuore, mi ricorda tanto mia sorella. Dio solo sa quanto mi manca, vorrei tanto che fosse qui. Mi sono perso nei mei pensieri senza accorgermene. Kendra ha messo in pausa il film e mi sta guardando con aria preoccupata, i suoi occhi sono così grandi e lucidi.

«Che succede Neith?» chiede ad un tratto.

Sospiro con forza, poi l'attiro a me e lascio che la sua testa si posi sulla mia spalla, non voglio che mi guardi, sono sicuro che non riuscirei a portare il discorso a termine.

«Avevo una sorella, il suo nome era Sabrina, ma tutti la chiamavamo Sabry. Aveva due anni in più di me, quando è scomparsa aveva solo 10 anni. Ricordo quella sera di ottobre, faceva freddissimo, fuori c'era un acquazzone spaventoso, la mamma era in cucina con papà, stavano litigando come sempre, ma lui sembrava arrabbiatissimo, la sua voce era impastata, era ubriaco. Sabry corse in camera mia, voleva abbracciarmi, mi sentiva piangere dalla stanza accanto. Sentimmo un tonfo, le urla si fermarono, la mamma piangeva, scendemmo le scale e corremmo in cucina. La mamma era stesa sul pavimento, dalla testa le colava tanto sangue, corsi accanto a lei, cercai di tranquillizzarla, volevo che smettesse di piangere. Le mie mani erano piene di sangue, avevo paura, ma Sabry no!»

Ho la gola secca e le lacrime minacciano di fare la loro comparsa.

«Iniziò a urlare contro mio padre, lui non disse una parola, lei fu molto dura, gli rinfacciò di tutto. Poi lui senza preavviso le diede uno schiaffo, Sabry cadde per terra con un tonfo assordante, io ero praticamente inchiodato al pavimento. Lui l'afferrò per un braccio, l'ultima cosa che vidi erano Sabry e mio padre che salivano le scale, lei urlava di lasciarla andare, mentre lui con voce dura le urlò: "Ti farò capire chi comanda". La sentivo urlare, sentivo mio padre ansimare, restai fermo accanto a mia madre. Entrambi ci guardammo negli occhi, entrambi avevamo capito. Dopo alcuni giorni la mia sorellina si tolse la vita buttandosi dalla finestra della sua camera».

Ho il viso ricolmo di lacrime, parlarne mi ha fatto rivivere ogni cosa. Se solo fossi stato più forte.

«Se solo ci avessi provato...» dico stringendo forte i pugni.

«Non darti la colpa, Dio mio eri solo un bambino, anzi eravate dei bambini».

La voce di Kendra è quasi un sussurro, sta piangendo, ma nonostante tutto cerca di consolarmi.

Lei è la persona giusta, lei è ciò di cui ho bisogno. Mi stringe forte tra le sue braccia e mi bacia sulle labbra dolcemente.

«Non è colpa tua, ricorda».

Kendra Maris

Ascoltare ciò che ha vissuto Neith mi ha lasciato con un vuoto dentro, assistere al motivo per il quale la piccola Sabry ha deciso di troncare definitivamente con questa vita, deve essere stato un trauma pesantissimo per lui.

Posso capire Sabry perfettamente, il dolore e il disgusto per se stessi, l'odio profondo per quella persona che con un gesto ha portato via la tua giovinezza.

Negandoti il gusto di scoprire cosa si prova a donarsi alla persona che si ama, poi cavolo, era suo padre.

Neith dopo aver pianto in silenzio si è lasciato cullare tra le mie braccia, siamo stati in silenzio, come sottofondo solo i nostri respiri e i battiti dei nostri cuori.

Mi piace così tanto guardarlo dormire, sembra così indifeso, così rilassato. Ne ho approfittato per dare uno sguardo ai suoi tatuaggi, mi sono sforzata di capire di ognuno il significato, quando ne avrò l'occasione voglio chiedergli cosa significano per lui, uno per uno.

Mi piace moltissimo la fenice che ha sul petto, è cosi maestosa, penso che significhi rinascita, forse la sua.

CAPITOLO 8
Kendra Maris

Il mattino seguente ci svegliamo tutti all'alba, ci sarà la gita in mongolfiera.

Neith ha fatto proprio una bella sorpresa ai nostri genitori, se la meritavano veramente. Ma quel matto oltre alla sorpresa per i miei genitori ne ha organizzata anche una per me, mentre loro saranno impegnati sulla mongolfiera, noi saremo su un elicottero, non sto più nella pelle, adoro troppo volare.

Anche se sfortunatamente non saremo soli, a volte il destino si accanisce contro di me, non c'è nulla da fare.

Per questo volo c'erano quattro posti liberi, non sapevamo chi fossero gli altri due passeggeri, sinceramente non me ne fregava, mi bastava solo che ci fosse il mio Neith.

Mentre aspettavamo il pilota, chi vedo venirci incontro con una ragazza bionda tutta tette? Tommy. Questo ragazzo ne cambia una al mese. Non che me ne freghi qualcosa sia chiaro, lo odio a prescindere da tutto, lo odio e basta. Giuro che vorrei tanto buttarlo dall'elicottero, speriamo solo che non succeda nulla che rovini la nostra piccola gita, perché se mi contraddice o la bionda tutta tette si azzarda a fare gli occhi dolci a Neith, faccio una strage.

Lo devo ammettere tutta tette non è per niente male, so che dovrei smetterla di chiamarla così, il suo nome è Lisa, ma sinceramente nella mia testa è più divertente chiamarla tutta tette. Non fa altro che ridere, ha una voce troppo divertente, mentre Tommy non fa altro che toccarla, anche in punti molto, anzi troppo intimi.

Ma veramente stavo con quello lì? Troppo superficiale, troppo maniaco, insomma troppo sbagliato.

Neith è un po' distratto, immerso nei suoi pensieri, che darei per sapere cosa sta pensando. Da quando siamo saliti in elicottero mi ha concesso solo un piccolo sorriso.

Non mi ha stretto la mano, non mi ha sfiorato, ma più di tutto sembra volersi tenere a distanza. Non capisco, non vuole far sapere di noi? Non è sicuro? Non vado bene?

«Perchè mi fissi con aria accigliata?» mi chiede a un tratto. La cosa mi coglie alla sprovvista facendomi sussultare visibilmente.

«Non volevo, sto solo pensando» cerco di rispondere il più tranquilla possibile. Ma lui non demorde, inclina la testa di lato e punta i suoi occhioni nei miei. Mi sento messa alle strette, sorrido in modo forzato, lui arriccia le labbra per poi domandarmi a cosa esattamente stessi pensando. Non so cosa devo rispondere, frugo nella mia testa, sembra un cassetto di mutandine, direi anche troppo disordinato. Alla fine pesco qualcosa di convincente, almeno credo.

«Penso alla cerimonia di domani, rivedrò la mamma e non so come comportarmi».

«Sì te stessa, sarai perfetta» risponde lui con tono dolce.

«Forse hai ragione. Comunque tu come stai? Sembri assente», finalmente riesco a porgli la mia domanda. Ma lui si limita a rispondere con un "E' tutto ok".

Annuisco, incrocio le braccia al petto e mi volto dall'altro lato per gustarmi il panorama. Anche se la mia mente vortica più veloce delle pale dell'elicottero.

Neith Xander

Non devo lasciarla fuori dai miei problemi, lo so perfettamente, ma quando le ho raccontato di Sabry ogni ricordo, bello o brutto che sia stato, ha risvegliato la parte arrabbiata e frustrata di me. La parte che ho combattuto per anni.

Mi sono cacciato nei guai troppe volte, ho fatto cose di cui non vado fiero. Per fortuna il padre di Kendra mi ha aiutato, ha trovato un modo per far scaricare la mia rabbia. La boxe è diventata in assoluto il mio mezzo di sfogo.

Meglio farla tranquillizzare, non voglio vederla così pensierosa. Mi giro verso di lei, l'afferro per la vita e la faccio sedere sulle mie gambe.

Kendra mi guarda con aria sorpresa, quella sua boccuccia ha formato una piccola "o", Dio è così dolce. Però poi si ricompone immediatamente, mi porta le mani al collo e mi guarda diritto negli occhi, ha un'aria così rapita, mi desidera, aspetta un mio gesto.

La stringo ancora più forte. Poggio le mie labbra sulle sue e inizio a baciarla lentamente, poi lei dischiude le labbra e le nostre lingue subito si cercano, è un bacio quasi famelico, entrambi lo desideravamo, entrambi non riusciamo a fare a meno uno dell'altra.

Kendra Maris

Finalmente a casa!

Papà è andato sopra con la sua promessa sposa, mentre salivano le scale ridevano e si strusciavano, giuro che adoro vederli felici, ma quella scena mi ha causato quasi un conato di vomito. Oddio non voglio pensare cosa staranno facendo ora in camera, si vabbè so che sarà più o meno quello che ho voglia di fare io con Neith, ma Dio mio non è la stessa cosa.

Entrambi andiamo a fare una doccia, ognuno nella propria camera. Indosso una sottoveste verde smeraldo e lascio i capelli sciolti, Neith adora toccarli, dice che sono soffici.

Siamo in piedi nella mia stanza, buia, e le nostre dita sono intrecciate. Lui ha gli occhi fissi nei miei, poi fa un respiro profondo.

«Quel coso ti dona in un modo indecente!» esclama con voce roca, poi mi attira a sé facendomi fare una piroetta per gustarsi meglio il panorama. Mentre mi fa girare, il bordo si solleva appena mostrando le mutandine di pizzo dello stesso colore. Un suono riecheggia nella stanza, un grugnito super sensuale, ho le gambe molli e il cuore a mille. Mi attira di nuovo vicino a sé, afferrandomi i fianchi e stringendomi contro il suo corpo, il mio seno è schiacciato contro il suo petto. Mi dà un bacetto sotto l'orecchio.

«Ci sono alcune cose che devi sapere.», ho il respiro quasi mozzato, ma riesco comunque a formulare una frase di senso compiuto, chiedendogli: "Cosa dovrei sapere?".

«Uno, sei stupenda.» dice, poi sposta le mani sulla mia schiena, facendo scorrere le dita. Un brivido mi percorre il corpo.

«Due, sei troppo, troppo sexy.» ansima, ed io con lui.

Le mie mani si affrettano a sfilargli la maglia, mentre il nostro ritmo passa da lento e rilassato a veloce e frenetico. Mi sfiora la pancia con le sue grandi mani, mi solleva la sottoveste in modo da trovarci finalmente pelle contro pelle. Le mie mani scivolarono sulla sua schiena, poi lo sento biascicare qualcos'altro.

«E tre, per quanto sexy sia questo completino, l'unica cosa che voglio vedere per il resto della notte è la mia bellissima Kendra, ho davvero bisogno di vederti, di averti, ora!».

Un gemito mi sfugge dalla gola, mi solleva, e la mia gamba destra si attorciglia di propria iniziativa ai suoi fianchi. Mi porta sul letto, mi adagia con cautela, si libera del pantalone e dei boxer in una sola mossa, poi mi sfila le mutandine con estrema lentezza, gustandosi ogni curva del mio corpo. Sento il suo corpo sul mio, così possente, così caldo.

«Ti sto schiacciando?»

«Per niente. Ti voglio, ti prego Neith».

«Oh Kendra, ti amo».

Neith Xander

Non riesco quasi a trattenermi, i suoi gemiti sono una droga, mi mandano completamente in estasi. Divoro le sue labbra, le cospargo il corpo di baci infuocati, la sento dimenarsi, il mio autocontrollo sta quasi per fare cilecca.

Non pensavo che avrei mai desiderato qualcuno così ardentemente, ma soprattutto non pensavo che mi sarei innamorato.
Amo Kendra, amo ogni cosa di lei, ma soprattutto amo cosa e chi divento quando sono con lei.
L'amore è irrazionale.
L'amore è fidarsi.
L'amore è saper ascoltare.
L'amore è passione.
L'amore è l'unica cosa per cui vale la pena aspettare, lottare e vivere.

Kendra Maris

Scivola piano dentro di me, le mie gambe si serrano intorno alla sua vita, mentre lui sprofonda dentro di me, il suo sorriso diventa infinitamente, spudoratamente più sexy.
Si morde il labbro inferiore, le spinte diventano sempre più veloci, so che si sta controllando, io sono pronta e anche lui, ne sono sicura. Lo stringo in un abbraccio, sollevo di più i fianchi e lo accolgo ancora più in profondità. Spalanca gli occhi, mi scruta, gli sorrido, mi sorride, un'ultima spinta frenetica ed entrambi raggiungiamo l'apice del piacere sussurrando all'unisono un «Ti amo», che ci svuota, che ci squassa fin dentro l'anima.

CAPITOLO 9

Neith Xander

Il mattino seguente entrambi siamo chiusi nelle nostre camere, i preparativi per il matrimonio sono frenetici.

Appena indossato lo smoking scendo le scale e mi affretto a raggiungere Mike in salotto che aspetta con ansia la mamma, la cerimonia si terrà fuori in giardino.

«Neith, dato che Kendra è ancora di sopra potresti accogliere la mia ex moglie appena arriva? Questa è una sua foto attuale, non dovresti avere problemi, praticamente Kendra è la sua copia.» dice Mike sorridendo.

Ha perfettamente ragione, non faccio neanche in tempo a dire va bene, che Mike è scappato in giardino.

Aspetto come una sentinella davanti all'entrata.

Poi un Audi A5 nera fa la sua comparsa, forse sarà lei? Non riesco a vedere bene perché c'è troppa gente.

Finalmente riesco a vedere la donna scendere dall'auto, non ho dubbi, è la madre di Kendra.

È una donna bellissima. Noto che non è sola, c'è un uomo accanto a lei, ma non riesco a vedere il suo viso.

Appena raggiunge la porta d'ingresso mi appresto ad accoglierla proprio come mi aveva chiesto Mike.

«Salve, Mike mi ha chiesto di farvi accomodare in giardino. È un piacere fare la vostra conoscenza, io sono Neith.» le dico con gentilezza, per poi effettuare un baciamano che la lascia piacevolmente sorpresa.

«Il piacere è tutto mio, e per favore, chiamami pure Malissa» dice con tono affabile, mi risollevo e le sorrido amabilmente.

Poi lei inclina leggermente il suo corpo e richiama l'uomo che si trova alle sue spalle, intento a conversare con un ospite.

«Questo è mio marito, Carther» dice Malissa.

L'uomo si porta subito al suo fianco. Quando i miei occhi si posano nei suoi, ho come una fitta lancinante al petto. Non voglio e non posso crederci, l'uomo accanto a lei è mio PADRE.

Stringo forte i pugni fino a sentire male. So che sto digrignando i denti, ma è tutta colpa di quest'uomo, lo odio con tutto me stesso.

Lui ha distrutto la nostra famiglia, lui mi ha strappato la mia sorellina, lui ha segnato la mia infanzia, lui mi ha distrutto la vita.

Allunga una mano per stringere la mia, ma io lo ignoro di proposito, non ho voglia di aver nessun tipo di contatto con lui, figuriamoci stringergli la mano. Mi dedico volentieri alla bellissima donna al suo fianco, le sorrido e la invito a seguirmi in giardino. Le offro il braccio da perfetto gentiluomo, lei lo accetta e mi sorride con dolcezza, lo devo ammettere è una donna piena di fascino.

Mentre ci avviciniamo a Mike sento il peso della presenza di mio padre, come vorrei che sparisse, mi osserva, mi studia, sta cercando una mia reazione.

Ma non gli darò la soddisfazione di vedermi cedere alla rabbia, non in questo momento, oggi è un giorno speciale per mia madre. Li lascio chiacchierare tra di loro, mi volto giusto in tempo per gustarmi la mia Kendra mente scende le scale.

Quel vestito dovrebbe essere fuorilegge, mi aggiusto il cavallo dei pantaloni con fare disinvolto.

Quella donna sconvolge i miei sensi anche restando lì immobile, in questo momento vorrei prenderla di peso e portarmela in camera mia. Sorride, non è un sorriso normale o di circostanza, quello è un sorriso malizioso.

Sa bene che effetto mi faccia vederla vestita così, ed è per questo motivo che avanza verso di me con passo da pantera, mi farei sbranare volentieri da questa incantevole creatura.

Kendra Maris

Amo quando mi guarda così, amo sentirmi desiderata. Avevo qualche dubbio sul mio abito, pensavo che non mi stesse bene, ma ora so che mi sbagliavo. Neith sa bene come far star bene una donna. Giuro che mi sento tutto un fuoco, i suoi occhi mi parlano, leggo lussuria e desiderio allo stato puro.

Ora siamo uno difronte all'altra, mi accarezza la spalla con una mano, non ho neanche il tempo di parlare, che mi ha già cinto la vita con un braccio e stretta a sé.

Mi bacia, mi bacia come se da questo bacio ne dipendesse la sua stessa vita. Ho le gambe molli, mi aggrappo a lui per non cadere, potrei sciogliermi sul pavimento come cioccolato fuso. Quando ci stacchiamo siamo entrambi senza fiato, il silenzio è spezzato dai nostri respiri affannati e il rumore dei battiti dei nostri cuori. Si avvicina con le labbra al mio orecchio, il suo fiato mi solletica i sensi. La sua voce è rauca e tenebrosa mentre mi sussurra: "Tu mi fai impazzire", frase che mi manda brividi per tutto il corpo.

Sono certa di avere le guance in fiamme, Neith invece sembra a suo agio, del tutto normale, lo invidio parecchio.

Mi prende per mano e mi conduce in giardino.

Aspettiamo tutti l'entrata di Dana in abito rigorosamente bianco, non importa se questo non è il suo primo matrimonio.

Ogni donna ha il diritto di avere il suo abito bianco perfetto, il suo bouquet perfetto, il suo uomo perfetto, insomma il suo matrimonio perfetto.

Prendo subito posto alla destra di mio padre. Noto subito la sua agitazione, così mi avvicino a lui e gli stampo un bacio sulla guancia sussurrandogli: "Sei perfetto, anzi siete perfetti insieme", lui mi sorride cercando di trattenere le lacrime.

Quando finalmente Dana fa la sua comparsa vedo il viso di mio padre rilassarsi, è bellissima nel suo abito a sirena, ha un fisico sinuoso, devo ammetterlo è sexy da impazzire. Al suo fianco a braccetto c'è il figlio, l'uomo più sexy del mondo, il mio uomo. Mi giro per guardare mio padre, Dio che emozione, i suoi occhi sono luccicanti, sembrano diamanti. La ama veramente lo si capisce benissimo. Dana di tutta risposta singhiozza avvinghiata al braccio di Neith, sono veramente adorabili.

Arrivati all'arco, dove si trovano il prete e mio padre, Neith affida Dana nelle amorevoli mani di mio padre, e si affretta a posizionarsi a sinistra dell'arco, cosparso di rose bianche.

La cerimonia è breve ma intensa, ricca di parole d'amore, applausi e pianti di commozione, compreso il mio, mi sembra ovvio. Per tutta la durata della cerimonia non ho intravisto mia madre, neanche di sfuggita, quasi mi sento sollevata. Mi allontano un poco dalla folla, ho bisogno di prendere una boccata d'aria fresca. Mi incammino verso la fontana, quella con motivo floreale, dove è stata collocata una panchina di legno, con dei cuscini a dir poco morbidissimi, non vedo l'ora di sedermi e rilassarmi. Ma purtroppo non è possibile, perché chi ci trovo lì? Mia madre, ma non è sola, lui è con lei, ancora aggiungerei.

«Ciao tesoro come stai?»

«Non pensavo che stessi ancora con lui, perché mamma?»

«Ti prego Kendra non iniziare con le tue paranoie, ormai non sei più una bambina».

«Per lui non sono mai stata una bambina. Aspetta come diceva? Ah sì, sei così matura tesoro».

«Kendra smettila, smettila con le tue bugie!» urla mia madre.

«Mamma per favore apri gli occhi per una buona volta. Non sai che uomo hai al tuo fianco. Chiedigli a quante ragazzine ha fatto ciò che ha fatto a me, dai chiediglielo?»

Non mi sono neanche accorta di aver alzato la voce, ma cosa più importante non mi sono accorta di avere Neith accanto a me.

Neith Xander

Ho le orecchie che mi fischiano e il sangue mi scorre troppo veloce nelle vene. Fremo dalla voglia e dal desiderio di fiondarmi su di lui.

Mi volto verso Kendra, prima di pestarlo voglio che lei sappia. Le prendo le mani e con voce tranquilla e ferma gli pongo la mia domanda.

«Kendra lui è l'uomo di cui mi hai parlato? Per favore rispondimi, non c'è bisogno di parlare, mi basta anche solo un cenno con la testa».

Mi fissa negli occhi, non parla, ma fa sì con la testa. La tiro tra le mie braccia e con voce spaventosamente rilassata le dico che quel bastardo è mio padre.

La scosto lentamente da me, i suoi occhi sono ricolmi di lacrime, si porta le mani al viso e si copre la bocca.

Poi inizia a ripetere in modo convulso queste esatte parole: "Non può essere vero".

Non può essere vero, ripeto nella mia testa anche io.

Non è possibile.

Kendra sembra riprendersi dallo shock, la sua voce mi arriva quasi ovattata.

"Non farlo" mi urla tra i singhiozzi, ma io sono già addosso a mio padre, sento il rumore della sua mascella che scricchiola a contatto con le mie nocche, sento l'odore metallico del sangue. Sento il mio autocontrollo sgretolarsi, ma non mi importa, è giusto così.

Non ho intenzione di fermarmi, non ora.

Kendra Maris

Sono pietrificata dalla testa ai piedi, vorrei urlargli di fermarsi, non perché mi dispiaccia per quell'uomo, ma ho paura per Neith.

I suoi occhi sembrano fuoco vivo, non riesco a vedere compassione o rimorso, vedo solo odio e rabbia, una rabbia incontrollata. Ora mio padre e altri due invitati stanno cercando di allontanare Neith da suo padre, ma la cosa si sta rivelando veramente difficile.

Neith è fuori di sé, gli urla in continuazione: "Le hai distrutte, mi hai distrutto, ti odio", so cosa sta provando in questo momento ed è per questo motivo che ora sto piangendo, un pianto liberatorio, un pianto che trattenevo dentro di me per non apparire debole, non di nuovo.

Ma in questo momento non importa, sono in ginocchio e mi tengo la faccia tra la mani, piango tra i singhiozzi.

Dana cerca di consolarmi, di dire che non è nulla di grave, ma io so, so il motivo per il quale Neith è esploso.

Neith Xander

Smetto di tempestare mio padre di pugni, non perché Mike e altri due mi stringono le braccia in una morsa, smetto perché le mie orecchie odono il pianto della mia piccola Kendra.

Mi volto verso di lei piano, quasi per paura di restare pietrificato, folgorato dalla sua immagine distrutta.

Appena mi volto ho un tuffo al cuore, ricordi mi affollano la mente, nei suoi occhi vedo tutto ciò che quel giorno provò la mia sorellina. Scatto in piedi e corro verso le scale, ho bisogno di restare solo. Non ascolto chi mi urla di restare, non riconosco le voci, in questo momento ho bisogno di calmarmi, rimettere a posto i tasselli dei miei ricordi, pensieri ed emozioni.

Sono quasi arrivato nella mia camera, quando sento dei passi dietro di me. Non ho bisogno di voltarmi, so che si tratta di lei. Non dice nulla, mi abbraccia da dietro e appoggia la testa sulla mia schiena. Il solo fatto di sentirla vicino mi tranquillizza, sento il suo calore, un calore che mi avvolge e mi rilassa, il suo profumo mi entra dentro, scaccia via ogni pensiero.

CAPITOLO 10

Kendra Maris

Non so cosa dire in questo momento, ma voglio comunque fargli capire che io ci sono, che capisco perché lui abbia reagito così. Mi prende per mano ed entriamo in camera. Lo faccio sedere sul letto, corro in bagno a prendere un asciugamano bagnato. Mi inginocchio tra le sue gambe e inizio a pulirgli il viso, quell'uomo lo ha ferito sul labbro. Poi passo a pulire le mani, le nocche sono arrossate, alcuni lividi si sono già formati. Restiamo in silenzio per qualche minuto. Sento la sua mano posarsi sulla mia, la stringe e se la porta alle labbra, la bacia.

«Tesoro perdonami» dice con voce rotta, lo guardo fisso negli occhi e rispondo senza esitazione.

«Non ho nulla da perdonarti. Dopo che l'hai preso a pugni mi sono sentita quasi libera».

«Vorrei poter lavare via ogni ricordo di lui».

«Lo so. Non possiamo, però possiamo andare avanti».

«Certo, ma insieme. È vero che bisogna andare avanti e convivere con il passato, ma io troverò il modo di fargliela pagare».

«E io ti aiuterò».

Mi sorride dolcemente, so che farà in modo di tenermi fuori, ma io sono testarda e determinata, quell'uomo deve pagare.

«Dai, ora cambiati e scendiamo giù».

Vado in bagno per rinfrescarmi e quando esco Neith è in piedi con solo i boxer addosso.

È uno spettacolo, e penso che un tempo quel corpo sia appartenuto a un Dio. Mi avvicino verso e gli accarezzo il petto nudo, lui sussulta, il mio tocco gli provoca sempre forte emozioni. Mi guarda con devozione, so che vorrebbe toccarmi, ma sono in abito da sera, non vuole rovinare ciò che vede. Con mani esperte e veloci gli abbasso i boxer, lui resta fermo, con un'espressione confusa sul viso.

«Ma cosa...?» dice quasi in un sussurro.

«Shhh, siediti sul letto.» dico dolcemente. Fa quello che gli ho chiesto senza pormi altre domande. Mi avvicino a lui, gli faccio divaricate le gambe per potermi infilare nello spazio vuoto che si crea. Afferro l'orlo del vestito e lo tiro su fino alla vita. Lo sistemo per non farlo ricadere giù.

«Mhm, niente biancheria?»

«Ti dispiace?»

«Per niente, Kendra ti voglio!»

«Mi avrai».

Niente preliminari, lo voglio ora è subito. Sono a cavalcioni su di lui, appoggio le mani sulle sue spalle.

Sento le sue mani afferrarmi con decisione i fianchi, con un movimento deciso è già dentro di me. Mi muovo lentamente, lui cerca di contenersi, vuole che sia io a dirigere le danze. Aumento il ritmo, lui asseconda i movimenti alzando il bacino. La stanza si riempie dei nostri odori, il silenzio viene spezzato dai nostri respiri affannosi e i mugolii di piacere. So che sono quasi all'apice del piacere, Neith fa scorrere una mano tra le mie gambe toccando il punto del mio piacere, ed è in quel momento che mi lascio andare. L'orgasmo mi attraversa come una scossa elettrica, Neith mi stringe a sé, sento che trema, anche lui è vittima della stessa scarica. Con voce rauca e affannata mi sussurra: "Ti amo piccola mia".

Questo è il nostro modo per sentici vicini, diventare una cosa sola.

Stiamo per tornare giù, ho le gambe che mi tremano, Neith mi tiene per mano. Non facciamo in tempo a raggiungere le scale, perché una voce femminile ci chiede di restare, Dana.

«Ora mi raccontate tutto. Non venite a dirmi che si tratta solo di Sabry. Non sono stupida, forza figlio mio parla» dice con voce dura.

«Ma mamma...» si lamenta Neith.

«Ti prego, ho bisogno di sapere» dice con voce carica di apprensione. Neith mi stringe la mano e mi guarda con aria preoccupata, sa cosa vuol dire per me ricordare. Ma non voglio che sia lui a dover spiegare.

«Dana sarò io a dirti tutto...» dico scostandomi da lui.

Faccio sedere Dana sul letto per poi sedermi accanto a lei. La guardo per qualche secondo negli occhi alla ricerca di qualsiasi forma di preoccupazione, ma lei è rilassata, sta cercando di trasmettermi sicurezza.

Neith si appoggia alla porta, poi si lascia scivolare sul pavimento. Piega le gambe, appoggia i gomiti sulle ginocchia e ci guarda con sguardo assente, so che sta ripensando e rivivendo quei momenti, me ne accorgo dal fatto che stringe i pugni. Dana mi prende la mano e mi incita a parlare.

«Dimmi tutto, che succede? So che sai di Sabry, ma so che c'è dell'altro, la rabbia di Neith era tanta, ma soprattutto nuova. Cara, ti giuro che non sapevo che il mio ex marito fosse il nuovo compagno di tua madre. Il tuo papà sa di Sabry, ma non mi ha mai chiesto di lui, ma soprattutto non mi ha mai parlato di tua madre. Questa era la prima volta che ci incontravamo, non sapevo, anzi non sapevamo che stesse con lui.» dice con tono allarmato, ma con un pizzico di dolcezza, sta cercando di non allarmarmi e di mettermi a mio agio.

«Lo avevo capito. Papà non ha mai incontrato il compagno di mia mamma. Ma soprattutto non ha mai saputo il motivo del mio gesto.» le indico il polso, lei stringe il labbro inferiore e caccia via un singhiozzo.

«Tua mamma gli disse solo che stavi passando un momento difficile, che eri in una fase di ribellione. Tuo padre si arrabbiò e le urlò che ti avrebbe portata qui con lui, tua mamma non oppose resistenza. Di comune accordo il giorno dopo venimmo a prenderti. Neith era in un college, che lui stesso, con l'aiuto di tuo padre aveva scelto.» dice ormai tra i singhiozzi.

«Papà non ha mai saputo il motivo, mia madre ha dato la colpa a me di tutto. Quell'uomo ha abusato di me, avevo solo 14 anni... Io mi sentivo...», non faccio neanche in tempo a finire il discorso, che Dana mi stringe tra le sue braccia.

«Oddio piccola mia, perdonami.» dice con voce rotta, stringendomi ancora di più a sé. Resto pietrificata da queste sue parole, non è colpa sua, lei è stata come una mamma per me.

«Non è colpa tua, non devi dirlo, non devi pensarlo» dico scostandola dolcemente da me per poterla guardare negli occhi. Nel frattempo Neith si è alzato ed è uscito fuori, non so se stesse piangendo, ma so che tutto questo lo fa stare male.

«Avrei dovuto denunciarlo tanto tempo fa. Quando per colpa sua la mia piccola si tolse la vita. Ha distrutto l'infanzia del mio piccolo Neith, facendolo crescere tra rabbia e rancore. Mike ha faticato tanto per avere la sua fiducia, lui è un uomo paziente e premuroso. Grazie al suo aiuto Neith ha saputo incanalare la sua rabbia nello sport, facendo di lui un ragazzo forte e con una passione da coltivare. Perdonami piccola mia, ho fatto sì che quell'uomo entrasse nella tua vita, non dovevo scappare via, avrei dovuto affrontarlo» dice asciugandosi le lacrime dal viso con la mano.

«Avevate paura. Anche io avrei fatto lo stesso, non fartene una colpa. L'unico che ha colpe è quell'uomo, ma anche mia madre che non ha voluto ascoltarmi, ha scelto lui, sempre» dico con rabbia e disgusto verso mia madre e quell'uomo.

Lascio che i nostri pianti si uniscano, che il nostro dolore si fonda, lei può capirmi, lei mi ama.

Neith Xander

Non ce la facevo a guardarle, la rabbia mi sta ribollendo dentro. Ho dato un pugno al muro, ho le nocche doloranti, ma questo dolore non è niente in confronto a ciò che porto nel cuore. Accecato dalla rabbia parlo e sbraito da solo, a tal punto che non mi sono neanche accorto che accanto alla porta c'è Mike. Mi sento attraversare da un brivido di paura, la sua faccia è così cupa, tiene la mano stretta alla maniglia della porta. Sento il rumore dei denti, si sta controllando, cerca di non esplodere. Mi avvicino lentamente e gli appoggio cautamente la mano sulla spalla.

«Mike?» dico cauto.

«Oh ragazzo sei tu!»

La sua voce mi appare così calma e rilassata, mi viene quasi il dubbio che non abbia sentito nulla di ciò che si sono dette la mamma e Kendra. Ma i miei dubbi vengono spazzati via come cenere.

«Lui la dovrà pagare, amaramente» dice con tono glaciale. Non chiedo perché, so la risposta. Non mi importa in che modo, non mi importa con quale mezzo, chiedo solo una cosa.

«Quando?»

«Presto ragazzo, molto presto».

Il mio corpo viene scosso da una forte adrenalina. Non importa se sarà per via legale o no, l'importante è fargliela pagare.

Sabry, non ho potuto fare nulla per te, ma ora voglio darti giustizia, voglio poter salvare il tuo ricordo.

E voglio poter dare una vita migliore a lei.

Kendra, mia dolce Kendra io ti darò giustizia.

Kendra Maris

Il ricevimento è continuato senza nessun'altro intoppo, mia madre e quell'uomo sono andati via, forse quando noi eravamo di sopra, poco importa. Mio padre e Dana si sono comportati normalmente, hanno sorriso e ringraziato per i doni ricevuti.

Il momento che ho adorato di più è stato quando abbiamo scattato la foto di famiglia. Noi quattro insieme in un abbraccio, una cosa stupenda, a tal punto che mi sono pure commossa, per fortuna Dana mi ha fatto compagnia, mentre quei due ridevano e ci prendevano in giro. Non so come mai, ma vedo mio padre e Neith più uniti di prima.

Bisbigliano, si danno pacche sulla spalla e sorridono complici. Non so il perché, ma lo ammetto non mi dispiace.

A fine serata Neith si congeda dicendo che è stanco.

Aspetto qualche minuto prima di raggiungerlo di sopra. Quando apro la porta non lo trovo nel suo letto. Sento il rumore dell'acqua che scorre provenire dal bagno. Mi libero dei miei vestiti ed entro di soppiatto in bagno. È sotto il getto d'acqua, di spalle, con le mani appoggiate alle mattonelle e la testa abbassata. È uno spettacolo, il suo corpo è scolpito alla perfezione, qua e là ha delle piccole cicatrici, ma che non guastano in nessun modo la sua bellezza. Mi avvicino lentamente, entro nella doccia e con estrema lentezza faccio aderire i nostri corpi. Gli cingo la vita con le braccia, lui sussulta, alza la testa e la piega leggermente per potermi guardare.

Neith Xander

Sentirla vicino mi rassicura, mi calma l'anima, ma accende in me anche una forte passione. Mi giro, l'afferro per i fianchi, la sollevo da terra, lei mi asseconda stringendosi con le gambe ai miei fianchi. La sbatto contro il muro e la bacio con foga, lei ansima e mugola di piacere, mi eccita sentirla, sempre di più. Le urlo ti voglio, lei mi dice prendimi, penso che dovrei portarla a letto, fare le cose con calma, cerco di mantenere la lucidità.

Quando decido di uscire dalla doccia, lei sia aggrappa alle mie spalle, quasi affonda le unghie nella mia carne.

"Ti voglio ora" dice con voce roca. Non me lo faccio ripetere due volte, restiamo nella posizione di prima, lei schiacciata contro le mattonelle. Le faccio portare le mani contro il muro e le dico di reggersi come può. Entro dentro di lei con una spinta decisa. Dio sono in estasi, i nostri corpi combaciano alla perfezione. Lei è morbida e calda. Le spinte aumentano di intensità, lei mi viene incontro dimenando i fianchi. È una danza di lussuria e piacere, sto per arrivare al culmine, ma non prima di averle dato piacere. Infilo una mano tra le sue gambe, basta un tocco per far sì che lei venga sussurrando il mio nome. Altre due spinte decise ed anche io la raggiungo nei meandri del piacere.

CAPITOLO 11

Kendra Maris

Quando mi risveglio lui non è al mio fianco. Ma c'è un vassoio con la colazione e una rosa rossa, accanto un biglietto.

"Non ho voluto svegliarti, eri così bella mentre dormivi. Ti amo piccola mia, tanto, anzi troppo.

P.s sono andato con il tuo papà, un impegno irrevocabile".

Un impegno? Mah, sarà qualcosa di lavoro.

Prendo la rosa tra le mani e mi accoccolo tra le lenzuola, lenzuola che sanno di lui, di noi.

Neith Xander

Siamo in un parcheggio di un hotel a due stelle.

Un luogo non molto rassicurante, c'è gente che ci fissa in continuazione, non sono per niente a mio agio. Non so di preciso Mike che cosa abbia in mente, so solo che stiamo per incontrare un suo amico. Di lui so solo che era nei Marine. Vedo una Berlina nera che si avvicina al parcheggio dell'hotel, edificio al quanto fatiscente.

Ogni rumore che odo è capace di farmi sussultare e temere il peggio. L'auto si ferma accanto all'Audi di Mike. Lo sportello si apre e fa la sua comparsa un uomo alto circa due metri, spalle larghe, braccia muscolose, accenno di barba e qualche cicatrice qua e là. È del tutto calvo, occhi azzurri e sguardo di ghiaccio.

Accenna un sorriso, ma ai miei occhi sembra quasi un ghigno. Stringe la mano di Mike con foga, poi lo abbraccia con goffaggine, mi viene quasi da ridere. Ma appena mi guarda, ingoio la saliva così velocemente che mi sembra di aver ingerito un masso enorme. Mi saluta con un cenno della testa, io ricambio senza proferire parola. Ritorna a offrire la sua attenzione a Mike, senza giri di parole gli chiede che cosa o chi lo ha spinto a chiedere il suo aiuto. Mike si schiarisce la voce e inizia a raccontare la faccenda nei minimi dettagli.

Sento la sua voce tremare quando parla di Kendra, Robert ascolta con trasporto ciò che Mike gli sta raccontando, lo vedo digrignare i denti quando capisce ciò che mio padre ha inflitto a due ragazzine. Anche se sembra un uomo di pietra ha un cuore sensibile.

Dopo il racconto segue un momento di assoluto silenzio, ci sono solo i rumori di pneumatici che stridono sull'asfalto e urla di uomini ubriachi.

«Senti Mike, da quanto ho capito quest'uomo e l'ex marito della tua attuale moglie e compagno della tua ex moglie, padre del ragazzo alle tue spalle. Direi che la faccenda e alquanto ingarbugliata. Ora vi pongo una sola domanda, siete sicuri di ciò che state facendo? Lo chiedo soprattutto al ragazzo, sei sicuro? Non ci andrò leggero con quel farabutto, perciò voglio essere certo che siate entrambi consapevoli» dice con tono fermo e duro.

Mike si volta a guardarmi, non servono parole, la mia decisione è stata presa. Non considero più quell'uomo parte della mia vita, se potessi cancellerei ogni traccia di parentela, mi vergogno di lui, lo odio con tutto me stesso.

Faccio un bel respiro, resto con lo sguardo fisso su Mike e a voce ferma dico ciò che il mio cuore mi urla: «Fai ciò che devi fare, per me è morto da più di 20 anni».

Robert si avvicina e mi dà una pacca amichevole sulla spalla, poi si volta verso Mike.

«Non so di preciso se o quando lo ucciderò. Voglio prima ricavarne una confessione, deve pagare amaramente per ciò che ha fatto, dovrà soffrire le pene dell'inferno. Agirò il prima possibile, datemi indirizzi e nomi, non ci devono essere errori».

Io e Mike annuiamo in contemporanea, poi gli forniamo tutte le informazioni necessarie. Dopo qualche minuto Robert va via, ma prima ci assicura che ci informerà sugli sviluppi.

Guardiamo la sua Berlina allontanarsi tra quelle strade malfamate, con il cuore che batte a mille e la testa in confusione. Poi Mike rompe il silenzio.

«Ragazzo, Dana e Kendra non dovranno mai saperlo. Ricorda, facciamo tutto questo per proteggerle e per fare giustizia».

«Lo so. Non ho rimpianti e neanche ripensamenti. Lui ha distrutto la mia famiglia e quella delle persone che mi stanno accanto. Tengo a te, ma soprattutto a kendra. Senti Mike...», con un gesto della mano mi incita a concludere il discorso.

«Ragazzo sarò anche di una certa età, ma so riconoscere due ragazzi innamorati. Non avrei potuto chiedere di meglio, tu sei come un figlio per me.» dice con tono cauto.

Non so perché ma non riesco a trattenermi, abbraccio Mike e scoppio in lacrime. Lui è come un padre per me, l'unico aggiungerei.

«Ragazzo mio, ti voglio bene».

Kendra Maris

Vorrei sapere quei due che fine hanno fatto. Dana è quasi andata in iperventilazione, non fa altro che salire e scendere le scale e sobbalzare a ogni rumore di pneumatici, non so più cosa dirle per farla calmare.

Lo ammetto che anche io sono in ansia, nessuno dei due si è degnato di accendere il cellulare. Appena rientrano giuro che me li mangio vivi.

Ecco, parli del diavolo e spuntano le corna, uomini!

Quando varcano la porta sono tutte risate e pacche sulla spalla, belli loro, ridono e se la spassano, mentre due disperate si struggono per loro. Dana parte in quarta, io la seguo come un fido cagnolino.

«Voi due, sconsiderati che non siete altro. Dove siete stati? Non vi siete degnati neanche di avvertire. Vi sembra giusto?» urla con foga.

Dice Tutto questo tenendo un dito puntato contro i due sconsiderati, quasi come se fosse una pistola. Io non proferisco parola, cerco solo di incenerirli con lo sguardo.

I due si guardano come povere anime perse, a sto punto sembra proprio che le cattive siamo noi, lo dico e lo ripeto, uomini!

Ora come ci si poteva aspettare partono le scuse a raffica, visi da angeli o da cani bastonati, fate un poco voi. Noi stupide e completamente perse per loro, ci facciamo ammorbidire, anzi direi modellare come argilla in mani estremamente esperte. Finiamo sempre per perdonarli e cadere nelle loro braccia, braccia fin troppo confortevoli.

Dopo pranzo non mi faccio scappare l'occasione di porre a Neith una miriade di domande, ma non ne ricavo un bel niente. Tergiversa, parla del più e del meno, ma non si lascia sfuggire nulla che mi faccia capire che cosa è andato a fare questa mattina con mio padre.

Neith è un osso duro lo devo ammettere.

Ora dove si sarà cacciato? Non posso crederci, si è veramente nascosto?

Mentre mi avvicino alla mia camera sento il cellulare squillare, corro e mi precipito a rispondere.

«Pronto, chi è?»

Nessuna risposta, sento solo qualcuno piangere.

«Ci sei? Va tutto bene?»

«Kendra...»

«Mamma! Che succede?»

«Oddio Kendra ho fatto un casino. Carther mi ha lasciata, ho preso delle pillole, tante, troppe».

«Ora chiamo un ambulanza, dimmi dove sei?»

«No per favore, niente ambulanza, mi vergogno di ciò che ho fatto. Aiutami figlia mia, ti prego!»

Odio sentirla così, sta male, Dio cosa devo fare? Mi ha fatto soffrire, ma è pur sempre mia madre.

«Mamma dimmi dove sei, vengo da te».

«Va bene, però ti prego, non dirlo a tuo padre, anzi a nessuno. Sono in un hotel, Skyline in Oliver Street numero 75».

«Va bene, arrivo il prima possibile».

Prendo le chiavi dell'auto e corro in garage. Avvertirò Neith in hotel, ora ho fretta di arrivare da lei.

Quando arrivo in hotel noto la sua BMW blu parcheggiata. Mi fiondo dentro, arrivata alla reception chiedo della signora Malissa. La stanza è la n°39 quarto piano, non aspetto neanche l'ascensore, salgo le scale tutte di un fiato. Quando arrivo alla porta della camera, quasi mi viene un infarto, ho il cuore in gola.

Busso con forza.

«Mamma sono Kendra, aprimi!»

«Arrivo».

Poi sento rumori di passi. Quando la porta si spalanca una mano forte e decisa mi trascina all'interno della stanza. Sento la porta che si chiude alle mie spalle con un tonfo assordante.

Apro finalmente gli occhi, mia madre è seduta sul letto, ha un occhio nero, quasi completamente chiuso. Una voce mi urla di sedermi sul letto, mi volto con il cuore in gola, Carther è in piedi vicino alla porta con una pistola tra le mani.

CAPITOLO 12

Neith Xander

Non trovo Kendra da nessuna parte, ho guardato in tutta la casa. Meglio controllare se la sua macchina è in garage. Non c'è.

Ma dove sarà andata? Senza dire nulla, non è da lei.

Ficco una mano nella tasca dei pantaloni ed estraggo il cellulare, forse mi avrà scritto un sms. Nulla, nessun dannato messaggio.

Provo a chiamarla di nuovo, ma nulla, il suo cellulare risulta spento. Sparire in questo modo non è normale, non è da Kendra.

In questo momento riesco solo a pensare al peggio, ho mille pensieri che mi frullano nella mente.

Non so come muovermi, se aspettare qui buono o uscire a cercarla. Ma forse mi sto preoccupando inutilmente, forse è con le sue amiche a fare shopping, forse sto solo esagerando. Cerco di convincere me stesso che va tutto bene, ma non ci riesco, sono un fascio di nervi ormai.

Alla fine mi decido a chiamare subito Mike, lui è l'unico che può aiutarmi.

Mi rassicura dicendomi che il cellulare di Kendra ha un GPS, così possiamo sapere la sua posizione attuale.

Spero che stia bene, non voglio e non posso pensare che le sia successo qualcosa di brutto.

Quest'uomo e fuori di sé, non smette di urlarci contro, dall'alito capisco che è completamente ubriaco.

Forse potrei riuscire a disarmarlo, ma se non ci riesco?

Potrebbe colpire me o mia madre, la quale è ancora legata con una stupida corda.

Ci ha fatto alzare dal letto e uscire dalla camera in tutta fretta, puntandoci sempre quella dannata arma contro.

Siamo passati poi dalla porta di servizio, ma prima di uscire ha scaraventato il mio cellulare contro il muro.

Ora non potranno sapere dove sono, spero che facciano in fretta, perché veramente non so che intenzioni abbia.

Ci fa salire entrambe nella macchina di mia madre, fa stendere lei sul sedile posteriore, poi mi intima di mettermi alla giuda, il tutto puntandomi sempre la pistola.

Ho le mani che mi tremano, quasi non riesco ad accendere la macchina, lui urla e sbraita, la cosa non mi è di molto aiuto, non riesco a pensare, non sono lucida in questo momento.

Gli chiedo con voce quasi assente di non urlare, lui sembra ascoltarmi, perché di colpo smette di farlo.

Riesco a mettere in la macchina, un sospiro di sollievo mi esce dalla bocca.

Lui inizia a darmi indicazioni. Mi dice di svoltare subito a destra e poi procedere dritto.

Non so dove ci voglia portare, ma più di tutto non so che fine faremo.

Neith Xander

Quando arriviamo a quel maledetto Hotel lei non c'è.
Mi passo le mani tra i capelli e inizio a inveire contro me stesso, perché anche se non ne ho ancora la certezza assoluta, sento di essere in parte il responsabile della sua sparizione.
Il suo cellulare è riverso sul pavimento di una camera al quarto piano, completamente distrutto.
Dio, mi sono fatto già un'idea di cosa sta succedendo, sono veramente incazzato, perché purtroppo so che questo che è successo è tutta colpa nostra e di quel maledetto piano.
Infatti dopo alcuni minuti Mike riceve una telefonata da parte di Robert che gli dice che sta inseguendo una BMW blu con a bordo due donne e un uomo.
L'uomo in questione ha una pistola.
A sentire quelle parole mi si gela il sangue nelle vene, non posso perdere anche lei. Giuro, che le succede qualcosa lo ammazzo con le mie stesse mani.

Kendra Maris

Non vorrei sbagliarmi ma un auto ci sta seguendo.
Eppure sono sicura di aver già visto quell'uomo, però non riesco veramente a ricordare.
Per mia sfortuna anche Carther se ne è accorto, infatti mi urla di accelerare, spingo l'acceleratore fino in fondo, sfreccio tra le auto.
Non ho mai guidato in questo modo e se non mi trovassi in questa situazione inverosimile, ammetterei

senza problemi che amo la velocità, amo questo modo di guidare.

Dopo alcuni chilometri noto che l'auto non è più dietro di noi, la cosa mi fa andare subito nel panico.

Volevo che ci raggiungesse, che ci liberasse da quest'uomo.

Svoltiamo in una stradina non asfaltata, in fondo c'è una casetta fatta tutta di legno e un tetto con tegole rosse.

Scendiamo dalla macchina, la mamma è subito accanto a me, mentre Carther si posiziona subito dietro di noi con la pistola puntata alle nostre teste. Una volta dentro ci ordina di sederci sul divano, chiude la porta a chiave, poi ci guarda, un misto di disprezzo e odio riempie i suoi occhi, sentimenti del tutto ricambiati.

«Voi due, brutte stronze. Volevate farmi fuori, vero?» dice urlando.

Non so di cosa sta parlando, anche se la cosa non mi dispiacerebbe per niente. La mamma trema tutta e non fa altro che piangere. Poi mi guarda, tira su col naso e dopo tanti anni trascorsi, finalmente sento quelle parole tante attese.

«Piccola mia perdonami, avrei dovuto crederti. Come ho potuto farti questo? Quell'uomo non doveva toccarti, avrei dovuto proteggerti. Quando hai cercato di toglierti la vita invece di aiutarti ti ho abbandonata, ho preferito credere a lui, vivere un amore che non esisteva. Perdonami se puoi, ti prego figlia mia.» dice tra i singhiozzi.

«Mamma per favore non piangere, ne parleremo...».

Mi fermo di botto. Mi ha appena colpita con il gancio della pistola, sento la testa che mi scoppia.

Dio se fa male!

«Smettetela di parlare, mi date sui nervi. La prossima volta invece di colpirti con la pistola ti sparo direttamente» dice sputandomi il suo odio addosso.

«Per favore Carther lasciala stare. Noi non abbiamo fatto nulla, lasciaci libere, prenditi la macchina e i soldi, prendi tutto ciò che vuoi, ma non farle del male» piagnucola mia madre.

«Ti ho detto di tacere. Se non siete state voi a organizzare la mia uscita di scena, di sicuro sarà stato il tuo ex marito o quello stupido di mio figlio, la mela non cade mai lontana dall'albero» dice sogghignando.

Le parole mi escono di bocca senza volerlo.

«Taci non paragonare Neith a te. Lui non ti somiglia per niente, lui non farebbe mai del male alla persona che ama, ma soprattutto a sua figlia».

Appena termino la frase un colpo di pistola rimbomba nella casa, ho le orecchie che mi fischiano, sento la mamma urlare.

In un primo momento penso che abbia colpito lei, poi avverto una fitta lacerante all'addome.

Brucia, brucia proprio come sale su una ferita, mi sento svenire.

Urla a mia madre di tacere.

«Slegami, così posso tamponare la ferita» urla lei disperata, ma lui si muove avanti e indietro come un animale in gabbia. Poi lo vedo aprire la porta e sparire.

Neith Xander

Venti minuti fa Robert ci ha chiamati informandoci di averli persi, ma è riuscito a vedere quale uscita hanno preso.

Per avere maggiore possibilità di trovarle abbiamo deciso di dividerci. Mi sono ricordato che quello stupido di mio padre viaggiava di continuo, aveva anche una casa qui negli Stati Uniti, ma era più una sorta di capanno, andava sempre a rintanarsi sul lago per potersi sbronzare e divertire senza scocciature.

Spero di non sbagliarmi, ma conoscendolo sarà andato proprio là. Quando arrivo lì, purtroppo non vedo nessuna macchina. Però non posso andarmene così, devo dare un'occhiata dentro.

Scendo dalla macchina, afferro il cellulare e scrivo a Mike indicandogli il luogo. Mentre mi avvicino alla casa sento delle urla.

Corro più veloce possibile, quando spalanco la porta vedo la madre di Kendra seduta sul divano e legata con una corda, ha un occhio nero e il viso rigato di lacrime.

I miei occhi si abbassano con timore verso il basso, nella direzione in cui sta guardando. Ho un sussulto al cuore, mi sento quasi morire.

Kendra è stesa sul pavimento in una pozza di sangue. Corro verso di lei, mi metto in ginocchio e la sollevo lentamente. Dio mio non portarmela via.

«Kendra amore mio, non mi lasciare.», dico tra le lacrime.

CAPITOLO 13

Neith Xander

In questo momento siamo tutti in sala d'attesa, l'ansia è davvero tanta. Nessun riesce a stare fermo.

Appena siamo arrivati in ospedale l'hanno trasportata subito in sala operatoria.

Aveva perso i sensi, ma soprattutto aveva perso troppo sangue. Non riesco a darmi pace, non doveva succedere, dovevo ammazzarlo con le mie mani.

Me ne sto seduto sulla sedia in sala d'attesa, ho gli occhi chiusi e le mani strette a pugno.

Siamo tutti preoccupati, ormai è passata già un'ora da quando sono entrati in quella maledetta sala, i medici non ci danno nessuna notizia, giuro che sto per esplodere dalla rabbia.

Mike mi mette una mano sulla spalla e mi consiglia di tornare a casa per darmi una ripulita.

Abbasso lo sguardo e mi rendo conto di essere completamente ricoperto di sangue, il sangue di Kendra, ho un groppo in gola.

Vorrei piangere, vorrei che questo sangue fosse di mio padre, vorrei averlo ucciso tanto tempo fa.

Ha rovinato le nostre vite tempo fa e purtroppo continua a farlo, lui è il male assoluto.

Kendra Maris

Sento tante voci attorno a me, ma non riesco ad aprire gli occhi.

Sento alcuni bip e delle voci attorno a me.

Ho male da per tutto. Anche il solo respirare mi provoca dolori lancinanti. Ho la gola secca e non riesco a parlare, rantolo e sospiro.

Ma cosa sta succedendo? Poi di colpo ricordo. Lui mi ha sparato.

Allora sono morta? Dio fa che non sia vero, non posso andarmene. Non ora.

Voglio rivedere Neith, voglio baciarlo, voglio potermi addormentare e risvegliarmi al suo fianco.

Poi cado di nuovo in un sonno profondo.

Neith Xander

Sono andato a casa e mi sono fatto una doccia veloce, per poi ritornare di nuovo in ospedale.

Mi avvicino subito a Mike, anche lui visibilmente provato dalla situazione. Gli se ci sono novità, lui scuote la testa e mi informa che la stanno operando e che purtroppo la pallottola ha perforato la milza, la devono asportare e fermare qualsiasi emorragia interna.

È un operazione delicata, non possono, anzi non devono commettere nessun errore.

Non faccio altro che immaginarmi il suo bellissimo viso, la sua risata, quegli occhi così intensi, capace di farmi cedere le ginocchia.

Ricordo il suo profumo, le sue carezze, il suo corpo su di me.

Voglio poterla baciare, consumarmi le labbra fino a farmi male.

Voglio stringerla a me, urlare a pieni polmoni che la amo, che la voglio nel mio futuro, anzi che è lei il mio futuro.

Lei è il mio ossigeno.

Kendra Maris

Forse sto sognando ma non mi importa, in questo momento sono tra le braccia di Neith e ci sto davvero bene.

Mi bacia, mi accarezza, mi afferra per la vita e mi mette a cavalcioni su di lui.

Faccio scorrere le mani sul suo petto, seguendo le linee dei suoi addominali scolpiti. Lui se ne sta con le braccia piegate sotto la testa e un sorrisino malizioso sulle labbra. Lo sento contorcersi sotto di me, sento la sua erezione spingere verso il centro del mio piacere.

Lo desidero, troppo. Sto per fare l'amore con lui, ma un rumore assordante mi fa rabbrividire.

Ora sono stesa in una pozza di sangue, Neith mi tiene tra le sue braccia e mi urla di non lasciarlo solo. Cerco di gridare, voglio dirgli che non andrò da nessuna parte, che lo amo, Dio quanto lo amo.

Voglio aprire gli occhi, ma le palpebre sono così pesanti.
Piango, urlo e mi dimeno, devo resistere, ma non ci riesco, le forze mi abbandonano del tutto.

Neith Xander

Quando il dottore ci annuncia finalmente che l'operazione è riuscita e che le sue condizioni sono stabili, mi rendo conto che stavo trattenendo il respiro.
Ho i polmoni indolenziti, e sto facendo davvero fatica a riprendere un respiro regolare, mi sento la testa pesantissima.
Ora dobbiamo aspettare che si svegli e ammetto che vorrei che succedesse il prima possibile.
Il dottore ci ha informati che all'inizio potrebbe avere qualche vuoto di memoria, ma nulla di preoccupante.
Chiedo se è possibile vederla, ma mi dicono di attendere qualche minuto, faccio di sì con la testa e aspetto con ansia il momento in cui potrò nuovamente stare al suo fianco.
Quando finalmente mi dicono che posso raggiungerla ho come una fitta al cuore, mi sento attraversare da una miriadi di emozioni.
Kendra è diventata la mia ragione di vita.
Si è fatta spazio nel mio cuore davvero molto in fretta e non posso e non voglio immaginare un'esistenza senza di lei al mio fianco.
Mi siedo accanto al suo letto e le prendo la mano, poi me la porta accanto alle labbra e la bacio con dolcezza.

La poggio di nuovo sul letto e intreccio le mie dita con le sue, stringo forte, voglio farle capire che ci sono e che ci sarò sempre per lei.

In questo momento ho deciso, metterò fine a questo dannato incubo per sempre, quel dannato farabutto non le farà mai più del male.

Kendra Maris

Non so di preciso se sto dormendo, intorno a me non sento nessun rumore, c'è una pace quasi irreale.

Sono in un luogo davvero strano;

Ci sono orsetti giganti, case e alberi sono fatti di cioccolata.

Cammino senza meta, e nel frattempo mangiucchio qualche pianta, non ci posso fare nulla sono troppo golosa.

Poi mi fermo di colpo, allungo la testa e noto che c'è una bambina con un vestitino azzurro seduta su una panchina fatta di biscotti, ha gli occhi di un azzurro intenso, mi ricorda tanto Neith.

Ha i capelli di un biondo chiaro, sono lunghi e ricci. Mi avvicino con cautela, non voglio spaventarla, voglio sapere dove siamo.

«Ciao piccola, non voglio farti del male. Sai dove ci troviamo?»

«So che non me ne faresti, Kendra».

Conosce il mio nome?

«Ehm, dove ci troviamo?»

«In una dimensione parallela, in questo momento stai dormendo. Io mi chiamo Sabry, penso che tu abbia già sentito parlare di me».
Oddio lei è la sorellina di Neith, ma come mai si trova nel mio sogno?
«So bene cosa ti stai chiedendo. Per favore salva il mio fratellino, non fargli commettere qualcosa che si porterà dentro per sempre. Quell'uomo deve pagare, ma non nel modo in cui Neith vuole agire, non voglio che si rovini, non lo merita».
Vengo assalita da un'ansia incontrollabile, so cosa intende Sabry, lui non deve sporcarsi le mani, ha una vita davanti a sé, e deve viverla a pieno, preferibilmente con me al mio fianco.
«Prometto che lo aiuterò» dico sicura.
«So che lo farai, so che lo ami. Sai una cosa? Mi piaci Kendra» ammette, poi mi sorride.
«Ne sono felice, avrei voluto conoscerti».
«Anche io. Ricorda Kendra, salvalo. Ora svegliati!».

Faccio molta fatica ad aprire gli occhi, la luce della stanza mi disturba moltissimo. Ho la testa che mi scoppia, la muovo leggermente per guardarmi attorno.
La stanza è di un bianco puro, ci sono rose rosse e girasoli in tutta la stanza, i miei fiori preferiti. Sorrido, ma una fitta lancinante alla testa mi fa quasi sobbalzare dal letto.
Sento un profumo inconfondibile, menta fresca, abbasso la testa alla mia destra e lo vedo.
Le lacrime riempiono i miei occhi. Dio mio che bello vederlo. Non riesco a distogliere lo sguardo, è di una

bellezza indescrivibile, ha la barba di qualche giorno, cosa che lo rende maledettamente sexy.

Cerco di sollevare la mano per poterlo accarezzare.

Con qualche piccolo sforzo riesco a sfiorargli la guancia. Basta un mio lieve contatto per fargli aprire gli occhi di botto.

Ci fissiamo a lungo senza proferire parola, sento il cuore battere forte. Come vorrei poterlo abbracciare in questo momento, mi è mancato da morire.

Neith Xander

Non riesco a smettere di guardarla, sono completamente pietrificato. So che dovrei dire e fare qualcosa, ma non ci riesco. Poi mi sorride e basta questo per spingermi ad alzarmi e stringerla tra le mie braccia. Piango e non me ne vergogno, lei si unisce ai miei singhiozzi e mi dice con voce smorzata che gli sono mancato.

«Piccola mia anche tu mi sei mancata. Dio mio quanto ti amo» le dico sorridendo.

«Ora chiamo i tuoi genitori e la mamma, saranno in pena. Poi avviso i tuoi amici.» dico accarezzandole il viso, lei annuisce senza aggiungere altro.

Non vorrei separarmi da lei, ma devo andare in corridoio e avvisare gli altri.

Kendra Maris

Passo quasi tutta la giornata a piangere e rassicurare tutti sulle mie reali condizioni.

I miei amici erano veramente in ansia, Allison non ha fatto altro che frignare e chiedermi perdono per tutte le volte che mi ha fatto arrabbiare. Comica e dolce allo stesso tempo.

Papà sembrava quasi un fantasma, lo stesso anche Dana, erano davvero sollevati sul fatto che stessi bene e che non c'erano state complicanze. Mio padre non è il tipo che esterna i propri sentimenti e ammetto che vederlo piangere mi ha davvero emozionata, gli voglio un gran bene e senza di lui non ce l'avrei mai fatta.

Lui è la mia roccia.

Per fortuna la mamma sta bene, anche se ancora molto agitata e dolorante.

Avremo modo di parlare di ciò che è successo e soprattutto di ciò che quell'uomo mi ha fatto in passato, ma ora non ho ancora le forze, sia fisiche che mentali.

Meno male che i miei amici mi hanno tirato un poco su di morale, facendo del loro meglio per farmi sorridere e dimenticare la brutta esperienza. Anche se so perfettamente che non sarà possibile.

Carther mi ha stravolto la vita, mi ha reso fragile e impaurita, e per finire mi ha quasi uccisa.

Quell'uomo è il male puro.

Neith è andato a casa a prendermi alcune cose e ammetto che già mi manca.

Devo parlare assolutamente con lui del mio sogno, so come si è sentito nel vedermi in fin di vita e non voglio che commetta qualche colpo di testa.

Come ha detto la sua sorellina, devo evitare che si cacci nei guai.

Neith Xander

Ora sto tornando in ospedale, ma prima ho fatto una breve sosta da Robert. Gli ho chiesto di trovare mio padre, di chiamarmi non appena riesce a mettergli le mani addosso, nessuno lo dovrà sapere, neanche Mike. Ho chiesto a Robert di tenere il becco chiuso, per il suo silenzio sono disposto a pagare profumatamente, per mia fortuna ha accettato senza dire una parola. Voglio uccidere quell'uomo spregevole con le miei mani. Mi ha portato via mia sorella e ho rischiato di perdere l'amore della mia vita, non voglio e non posso perdonarlo per ciò che ha fatto, merita di morire, ne sono certo.

Kendra Maris

La giornata è stata davvero stancante, molte sono state le emozioni. Non sono ancora nelle condizioni migliori, ma sto migliorando a vista d'occhio.

Neith è praticamente sparito e la cosa mi ha molto agitata, ma ora vederlo qui, mi ha decisamente tranquillizzata. Finalmente posso parlargli.

Devo cercare di convincerlo a non fare nulla di azzardato, ma soprattutto di capire cosa gli frulli in testa.

Si siede al mio fianco e mi porge il vassoio con il mio pranzo, mi dice che devo nutrirmi e mettermi in sesto.

Parlo con la bocca piena e lui subito mi rimprovera, sul fatto che non si parla con il cibo in bocca, con tutta risposta gli faccio una linguaccia e gli dico che io faccio ciò che mi pare.

Neith scoppia a ridere di gusto, e anche se mi ostino a tenergli il broncio alla fine cedo e rido a mia volta.

«Devi rimetterti» dice con voce improvvisamente seria.

«Lo so, lo so. Poi ho voglia di saltarti addosso» rivelo ammiccando.

Gli va di traverso l'acqua e mi guarda con gli occhi spalancati. Ma cosa ho detto di male? Ho voglia di abbracciarlo, di sfiorarlo e di sentirlo su di me e dentro di me.

Il suo viso diventa serio e mi fissa con grande intensità, poi inaspettatamente sorride.

«Anche io lo vorrei stupidina. Ho davvero bisogno di sentirti mia, mi manchi anche in quel senso» dice facendomi l'occhiolino.

«Meno male, pensavo non mi volessi più» rivelo mettendo il broncio come una bambina pestifera.

«Non dirlo neanche per scherzo» mi redarguisce lui prontamente.

«Allora mi desideri?» dico sbattendo le ciglia.

«Sempre» afferma con voce roca.

Sorridiamo entrambi. In questo momento mi sento davvero bene. Lo amo davvero tanto.

Poi mi torna in mente il discorso che mi sono preparata da questa mattina. Ritorno di botto seria, lui si acciglia un poco e mi chiede che cosa succede.

«Neith, devo parlarti…» dico con tono serio.
«Non ora, adesso devi assolutamente riposare» dice con tono dolce, poi mi aggiusta la coperta e i cuscini, subito dopo mi bacia sulla fronte e sparisce in gran fretta.

Ho passato più di due settimane in ospedale.
Per mia fortuna Neith, mio padre, mia madre, Dana e i miei amici non mi hanno mai fatto sentire sola. Ho saputo che mio padre ha denunciato Carther e che ora la polizia gli sta dando la caccia, spero vivamente che lo trovino presto.
Ammetto che in questi giorni mi hanno proprio viziata tutti, ma non mi vergogno a dire che mi è piaciuto da matti.
Ho notato che Neith qualche volta si allontanava di soppiatto. L'ho visto più di una volta parlare al cellulare sotto voce, con l'aria di qualcuno che nasconde qualcosa.
Certe volte non veniva in ospedale, giustificandosi sul fatto che aveva ripreso gli allenamenti e che presto sarebbe ritornato a combattere.
Sapevo dei suoi allenamenti, ma sono sicura che questa non è tutta la verità, sento che mi sta nascondendo qualcosa, posso solo immaginare quello che ha dentro.
Lui vuole vendetta.

CAPITOLO 14

Neith Xander

Devo stare attento, Kendra si sta insospettendo.

Non voglio farla preoccupare, ma io non posso lasciar correre. Il rimorso di non aver fatto abbastanza mi sta divorando dentro. Devo trovare quell'uomo a tutti i costi, prima che lo faccia la polizia.

Devo muovermi in fretta e senza destare sospetti.

Mio padre non merita di vivere. Non merita il nostro perdono o la nostra comprensione. Lui è un uomo marcio dentro e fuori. Non ha amore. Non ha rispetto e non ha un cuore.

Finalmente ricevo la notizia tanto attesa.

Robert lo ha trovato, mi ha detto che si è nascosto in una città appena fuori New York. Sono consapevole che quello che voglio fare va contro la legge, ma sono anche certo che non avrò mai giustizia, non quella che desidero io.

Finalmente Kendra è tornata a casa e ora dorme in camera sua. Dovrò dirle che mi assento per qualche giorno, le dirò che ho un incontro importante e che ho bisogno di allenarmi. Spero che non mi faccia troppe domande o verrò scoperto subito, lei è troppo brava a leggermi negli occhi.

Quando entra nella mia camera non c'è bisogno che apra gli occhi per capire di chi si tratta, il suo odore è inconfondibile, potrei riconoscerlo tra mille.

Si avvicina lentamente al mio letto, lo sento stendersi al mio fianco e tirare un sospiro, poi si rilassa.

«Come stai piccola?» domanda con tono dolce, accarezzandomi poi la testa.

«Molto meglio» rispondo sincera.

Mi giro su un fianco e lui fa lo stesso, ora siamo faccia a faccia, alzo la mano per accarezzare il suo viso dolcemente.

Senza ulteriore incertezza la sua bocca si impadronisce della mia, diffondendo un'ondata di calore in tutto il corpo. La sua lingua si apre un varco fra le mie labbra, le sue mani scorrono sotto la mia maglietta e mi accarezzano la ferita.

Sussulto, ma non per il dolore, ormai non fa più male. Ho come la sensazione che questo sia un addio così i miei occhi si riempiono di lacrime, non voglio perderlo.

«Piccola perché piangi?» mi chiede allarmato. Mento dicendo che la ferita fa ancora male, lui preoccupato mi sussurra: "Allora smetto di toccarti".

«No, ti prego, baciami, toccami ancora» chiedo disperatamente. Lui esaudisce subito la mia preghiera avvinghiandosi completamente al mio corpo.

L'intensità del bacio si trasforma presto in esigenza, la stringo forte tra le mie braccia, vorrei che diventassimo un tutt'uno, voglio che capisca quanto sia diventate importante per me.

«Ho bisogno di te» le dico con voce rotta dall'emozione.

Non è un bisogno meramente fisico, ho bisogno di lei sotto ogni aspetto, lei riesci a tirare fuori il meglio di me, lei mi capisce e sa ascoltare, lei è forte e decisa, lei sa sempre come tenermi testa. Lei è la mia parte mancante.

L'amore non si misura nel tempo, perché se dovessi contare i giorni, direi che sono pochi per conoscersi così profondamente, ma con Kendra non ci sono misure, non ci riesco, sembra di conoscerla da mesi, anzi da anni.

Basta poco per ritrovarmi sopra di lei, puntellato sulle braccia per non schiacciarla con il mio peso, ma vicino al suo corpo quanto basta per sentirne il calore.

La desidero, ogni giorno di più.

Mi prende il viso tra le mani e mi bacia con passione e con desiderio incontrollabile.

Smetto di baciarla per un istante e la guardo negli occhi.

«Tutto ok?» domando preoccupato.

Sono nervoso, ma la sensazione di averla tra le mie braccia è fantastica.

«Sto bene, ora per favore fammi tua, e smettila di avere paura.» dice sorridendo. Sorrido e torno a baciarla, ora con più impeto di prima.

Basta un attimo e ci troviamo completamente nudi, lui è su di me che mi divora il corpo con baci di fuoco.

Mi afferra delicatamente i polsi e guida le mie mani sul cuscino ai lati della testa, continuando a consumare la mia bocca con baci intensi.

Quando mi penetra, al dolore si mescola una splendida sensazione, mi è mancato fin troppo, ho bisogno di lui per vivere. Gli allaccio le gambe intorno alla vita, con un'ultima spinta è completamente dentro di me, è stupendo.

Comincia a muovere i fianchi affondando nel mio corpo, finalmente siamo una cosa sola. È un momento che ricorderò per sempre, perché mi appartiene e mi apparterrà.

Quando mi risveglio Neith non c'è più al mio fianco, mi volto di lato e noto un biglietto sul comodino, le lacrime scorrono come un fiume in piena.

"Piccola mia, non ho voluto svegliarti, eri così bella mentre dormivi. Starò via per qualche giorno, devo allenarmi, presto avrò un incontro. Non stare in ansia, tornerò presto da te. Ti amo".

Quasi non riesco a respirare.

Poi un immagine attraversa i miei pensieri. Ricordo l'auto che ci seguiva, l'uomo al volante aveva un'aria familiare, era Robert, l'amico di mio padre. Ora so cosa fare.

Corro nell'ufficio di mio padre e inizio a rovistare nei cassetti, devo trovare il suo numero, devo farmi dire dove è diretto Neith.

Dopo alcune ricerche lo trovo. Ritorno in camera mia e compongo il suo numero con il mio cellulare, il telefono squilla e per fortuna risponde subito.

Dopo aver passato alcuni minuti a convincerlo, vabbè direi a minacciarlo che avrei rivelato alla polizia dei suoi traffici di tabacco, mi dice dove è diretto Neith.

Rifletto su chi chiamare.

Papà di certo mi urlerà di restarne fuori e che si occuperà di tutto lui, escludo anche Dana, di certo dirà tutto a papà. La mamma, chiamerò la mamma, lei mi aiuterà.

Neith Xander

Finalmente l'ho trovato!

Mio padre si è rintanato in un casolare abbandonato, tipo nascondino di un uomo ormai finito.

Cammina avanti e indietro come un leone in gabbia, mentre io me ne resto fermo in auto a osservarlo.

Non pensavo che mi sarei bloccato, non credevo di doverci riflettere ancora. È così trascurato, quasi mi fa pena. Dio mio, non dovrebbe farmi pena, lui ha ucciso mia sorella, lui ha quasi ucciso la donna che amo, lui merita di morire.

Afferro la pistola dal cruscotto e scendo dalla macchina. Chiudo con cautela lo sportello, non voglio fare rumore, non voglio dargli l'occasione di poter scappare.

Infilo la pistola nei pantaloni, dietro alla schiena, e mi affretto a raggiungere il casolare, per mettere fine a questo dannato incubo.

Kendra Maris

Appena ho chiamato la mamma si è precipitata subito a casa. H noleggiato una macchina per non destare sospetti, non voleva rischiare che Neith notasse la nostra presenza.

Mentre lo seguivamo non faccio altro che mangiarmi le unghia delle mani, ho paura di cosa possa succedere.

Lo ammetto, anche io vorrei che quell'uomo sparisse dalla nostra vita, ma non voglio che Neith si macchi di questo crimine, so che lo farebbe stare male.

Ha portato per anni il peso della morte di sua sorella nel cuore, si è dato la colpa.

Papà mi ha raccontato che Neith dopo la morte di sua sorella è diventato un ragazzo instabile, aggressivo, si cacciava spesso nei guai.

Incolpava se stesso di essere stato debole e purtroppo non affrontava la questione nel modo giusto.

Nello sport ha trovato ciò che gli serviva, un mezzo per sfogare la sua rabbia e soprattutto diventare più forte.

Non voglio che ovini ogni cosa, non voglio perderlo, non potrei vivere senza di lui.

«Mamma accelera» la imploro con le lacrime agli occhi.

Neith Xander

Appena entro nel casolare me lo trovo davanti, senza pensarci due volte gli mollo un pugno in pieno viso, lui barcolla e finisce sul pavimento. Lo afferro con il collo della camicia, noto una sedia e delle corde, non so che cosa ci facciano lì, ma in questo momento sono una manna dal cielo.

Lo faccio sedere con la forza e lo lego bene con la corda.

«Che cosa hai intenzione di fare?»

«Lo capirai, tutto a suo tempo, che fretta hai?»

Sputa il sangue dalla bocca e mi guarda con disprezzo, poi inizia a ridere, la cosa mi innervosisce parecchio, ma non mi lascio distrarre da lui.

«Sei fortunato, avevo organizzato tutto questo per tua madre. Lei ha distrutto la mia vita».

«COSA! Volevi rapire la mamma? Lei ti ha rovinato la vita? Tu hai rovinato noi.» urlo con tutto il fiato che ho in gola.

«Non ti ha detto nulla vero? Sabry non era mia figlia».

La cosa mi fa gelare il sangue nelle vene. Lei non era mia sorella? Non so se sta mentendo, non mi importa.

Anche se non era mia sorella non cambia nulla, io l'amavo come tale, lui non aveva nessun diritto di fare ciò che ha fatto. Continua a ridere, sembra quasi impazzito, lo colpisco in faccia, ancora, ancora e ancora.

«Non giustifico la mamma, ma ammetto che non mi importa che Sabry non era tua figlia, ma di certo era e resterà sempre mia sorella. Tu hai abusato di lei, l'hai spinta a uccidersi. Non so se sei stato spinto dalla rabbia, e di certo non mi importa. Non ti sei fermato, hai continuato a fare del male, hai abusato di Kendra e solo Dio sa se ce ne sono state delle altre. L'hai quasi uccisa, per la seconda volta».

«Non ero in me. Covavo rabbia, odiavo che tua mamma fosse felice, volevo che tutto intorno a lei appassisse».

«Smettila, non giustificarti!»

Afferro la pistola e gliela punto contro, lui sussulta visibilmente.

«Non puoi farlo. Tu sei mio figlio».

«Non lo sono da tempo. E non usare quel tono con me, tu non sei mio padre».

Sento la porta spalancarsi alle mie spalle, mi volto, Kendra è lì che mi fissa con aria spaventata e confusa.

«Neith non farlo, non rovinarti la vita».

«Purtroppo per questo è già troppo tardi» ammetto con sarcasmo.

Mentre io e lei ci fissiamo, Malissa si frappone tra di noi.

«Neith, tu hai un futuro davanti a te. Non permettere a quell'uomo di toglierti ancora la felicità. Tu e Kendra vi amate, siete fatti per stare insieme. Perchè rovinare tutto, perchè permettere a quell'uomo di influenzarti ancora?» dice con tono fermo.

Non faccio in tempo neanche a rispondere che lei afferra la pistola dalle miei mani e la punta verso l'uomo, che un tempo fu mio padre, e preme il grilletto.

Lo vedo andare giù come un sacco di patate. Corro verso la madre di Kendra e l'afferro per le braccia prima che possa cadere a terra. Ha il viso bianchissimo, gli occhi sono del tutto vuoti, neri e profondi. Le sfioro la mano, sta tremando notevolmente, le sfilo la pistola e la butto lontana da noi.

Kendra è alle mie spalle. Mi giro, ha gli occhi ricolmi di lacrime, mi fissa, cerca qualche emozione nei miei occhi, ma in questo momento sono completamente svuotato.

Malissa rompe il silenzio, la sua voce trema.

«Ma è morto?», quasi non riesco a sentirla, non so se quell'uomo è morto, ma ammetto che vorrei che lo fosse.

Kendra si allontana da noi e si avvicina all'uomo e gli controlla il polso, le sue dita tremano, i suoi occhi sono umidi, i suoi singhiozzi così forti.

Lui non c'è più.

Kendra Maris

Dio mio!

«È morto… Ora cosa facciamo?» dico con voce allarmata. La mamma si rialza e corre verso di me.

Mi afferra per le spalle e mi scuote lentamente.

«Piccola, sono stata io a sparare. Andrò dalla polizia, racconterò ogni cosa. È giusto così, lo devo a Neith, ma soprattutto a te» dice tra i singhiozzi.

«Non voglio…» le sussurro a mezza voce.

Neith è dietro di noi, sento il suo respiro affannato, non so cosa sta provando, ma soprattutto cosa sta pensando.

Anche se quell'uomo era cattivo, era e resta pur sempre suo padre.

«Nessuno pagherà, chi doveva pagare ha già pagato.» dice con voce dura. C'è tanto odio nel suo cuore.

«Ma caro, io ho...» inizia a dire mia madre.

Ma Neith le fa segno di tacere.

«Malissa tu hai solo tolto il male da questa terra. Lui non era degno di vivere, lui provava rancore, avrebbe ucciso mia madre se noi, se tu non lo avessi ucciso. Rimpiango una sola cosa, di non averlo ucciso con le mie mani» afferma convinto.

Mi giro verso di lui e lo stringo in un abbraccio.

In un primo momento ho paura che mi respinga, che non mi voglia accanto a sé, ma invece con mia sorpresa, mi stringe tra le sue braccia.

Appoggia le labbra nell'incavo del mio collo e mi bacia, poi porta le sue labbra al mio orecchio e sussurra: «Piccola mia ti amo».

Lo stringo ancora di più tra le mie braccia.

CAPITOLO 15

Neith Xander

Ho chiesto alle due donne di prendere la macchina e andare a casa. Ho detto a entrambe che le avrei raggiunte dopo, ho bisogno di liberarmi di lui, per sempre.

Kendra in un primo momento ha fatto storie, non voleva lasciarmi solo, l'ho baciata e chiesto di capirmi, ha messo il broncio per un secondo, poi mi ha abbracciato e mi ha detto: «Ti aspetto a casa, torna da me».

Tornare? Certo, lei è tutto quello che ho, lei è la mia nuova vita.

Ho cosparso di benzina il suo corpo, ma prima ho chiamato Robert chiedendogli di raggiungermi. Dopo avergli spiegato tutto mi ha aiutato a spostare il corpo, ha riempito lo stabilimento di benzina e ha detto che cancellerà ogni traccia, che non mi devo preoccupare di nulla.

Ho alcuni fiammiferi tra le mani, Robert è uscito fuori, vuole che faccia questa cosa da solo. Accendo il fiammifero e lo lancio verso quel corpo ormai senza vita.

«Spero che tu possa pagare ogni male, spero che tu marcisca all'inferno, papà» dico con voce carica di odio, disprezzo e soddisfazione.

Sto per andare via, ma tra le fiamme vedo una figura di una bambina, la mia sorellina. Mi sorride, le sorrido, poi le sue labbra si muovono. Con fatica cerco di cogliere le sue parole.

"Grazie fratellino, finalmente sono libera. Ti voglio bene".

Oh sorellina mia, ti voglio bene anche io. Finalmente lei è libera, io sono libero.

Finalmente potrò vivere la mia vita.

Appena torno a casa corro subito nella camera di Kendra. Lei è distesa sul letto.

Che bella la mia principessa, solo nel guardarla il mio cuore batte forte e la mia rabbia si placa, e ogni paura scompare.

Mi avvicino al letto, so che dovrei fare prima una doccia, ma ho bisogno di toccarla, di baciarla, insomma ho bisogno di lei. So che dobbiamo parlare di cosa è appena successo, ma non ora. In questo momento non ne ho la forza.

Accarezzo il suo viso con le dita, lei apre subito gli occhi e le sue labbra si schiudono, le poso un dito sulle sue labbra morbide, chiedendole di non rompere questo silenzio con parole troppo pesanti.

«Shh, non parlare. Lascia che io ti guardi. Sono tornato» dico sorridendo.

«Avevo così paura che tu non...», premo ancora una volta un dito sulle sue labbra.

«Non vado da nessuna parte, il mio posto è accanto a te. Ora stringimi» imploro in un sussurro.

Mi sento attanagliare dal senso di colpa.

Era preoccupata per me? Dio quanto l'amo. Prende il mio viso tra le mani e mi attira su di lei, la stringo forte tra le mie braccia. Affondo il viso tra l'incavo del suo collo, respiro il suo dolce profumo, tutto dentro di me torna al suo posto.

«Dormi, piccolo mio.» dice accarezzandomi i capelli.

«Mi dispiace» replico con un filo di voce.

«Tu non c'entri. Ne parleremo domani», mi dà un bacio sulla testa e mi accarezza la schiena.

«Ti amo» mormoro quasi mezzo addormentato.

Per un attimo non sono sicuro di averlo detto ad alta voce perché lei non risponde. Sento delle lacrime calde che mi sfiorano il viso, alzo la testa e la guardo,

«Anch'io, tanto» risponde dolcemente.

Sorrido, chiudo gli occhi e mi addormento.

Appena sveglio tasto il letto alla ricerca della donna che amo, ma non c'è. Senza di lei sembra così freddo il letto, cerco di aprire gli occhi, ma la luce del sole è veramente fastidiosa.

Mi metto a sedere e mi sgranchisco le ossa, ho dolori dà per tutto, sembra di aver fatto uno dei miei incontri sul ring.

Sento il rumore dell'acqua che scorre e finalmente capisco dove è finita la mia dolce Kendra.

Mi libero delle coperte e scendo giù dal letto. Apro la porta del bagno, mi libero dei pantaloni e dei boxer, mi avvicino alla doccia e mi infilo dentro.

Lei sussulta leggermente, poi si lascia abbracciare da dietro. Appoggia la sua testa sul mio petto ed io ne approfitto per baciarla sulla fronte.

«Buon giorno piccola mia» le dico sorridendo.

«Buon giorno a te, vedo che sei già molto attivo di primo mattino» le sfugge una risatina imbarazzata.

La faccio voltare e mi impossesso delle sue labbra, lei si regge con le braccia al mio collo e si lascia andare a un bacio appassionato. Quando le nostre bocche si staccano entrambi siamo senza fiato, ma non mi basta, la voglio ancora.

La faccio poggiare alle mattonelle, la stringo i polsi e le faccio alzare le mani sulla testa. Con una mano la tengo ferma, mentre l'altra vaga sul suo corpo bagnato. Mi impossesso delle sue labbra, poi scendo verso il collo, succhio e mordo con ardore. Lei geme e il mio autocontrollo vacilla. Un sorriso malizioso le compare sul viso, aggrotto le sopracciglia e la stringo ancora di più.

Lascio che le sue mani si intreccino dietro al mio collo, la sollevo da terra e lei mi cinge la vita con le gambe. La sua schiena è poggiata ancora alle mattonelle, con una spinta decisa entro dentro di lei. Geme, butta la testa indietro e ansima, ed io con lei. Inizio a muovermi lentamente, poi più veloce.

Lei si lascia andare gridando il mio nome, subito dopo la seguo e vengo con un grugnito.

Kendra Maris

Fare l'amore con Neith nella doccia è stato a dir poco stupendo. Dopo ci siamo lavati l'un l'altro, lentamente, delicatamente.

Però come sappiamo le cose belle durano poco, ora viene la parte peggiore.

Neith, mio padre e Dana sono chiusi nell'ufficio di mio padre da un'ora. Speriamo bene, sono davvero in ansia.

La mamma invece è partita per Parigi, intendiamoci non è andata a fare una vacanza, starà per qualche giorno in una specie di recupero, purtroppo gli eventi che si sono susseguiti l'hanno destabilizzata notevolmente.

Bussano alla porta, quasi faccio volare il cellulare dalle mani, stavo massaggiando con il mio migliore amico, mi ha detto che lui è la sua Band partiranno per una lunghissima turnè. Sono felicissima per loro, se lo meritano tanto.

«Avanti» dico balbettando, la porta si apre lentamente ed entra Dana tutta imbarazzata, ha il viso rigato di lacrime, sembra veramente a pezzi. Lascio cadere il cellulare sul letto, scendo e mi fiondo tra le sue braccia.

Entrambe cadiamo in ginocchio sul pavimento della mia camera, per fortuna il tappeto attutisce la caduta, e ci lasciamo sfuggire lacrime e singhiozzi.

«Piccola mia, non sai quanto mi distrugge sapere che hai dovuto affrontare tutto questo. Non bastava che quell'uomo ha abusato di te, hai dovuto pure vederlo morire. Sarà stato un sollievo, ma anche una tortura. Mi dispiace per tua mamma, avrei dovuto fare qualcosa tempo fa» dice tra i singhiozzi. In questo periodo non facciamo altro che piangere.

«Non è colpa tua. La mamma sa quel che ha fatto, mi dispiace per lei, ma sono anche felice che sia finita. Ora Neith mi preoccupa, non so come affronterà questa cosa» dico con preoccupazione.

«Piccola, con te al tuo fianco Neith supererà anche questa. Non lasciarlo mai solo, lui ha bisogno di te» dice accarezzandomi i capelli.

«Ma ora di cosa stanno parlando?» chiedo curiosa.

«Nulla di importante piccola mia, tu non devi preoccuparti» dice scoccandomi un bacio sulla guancia.

Annuisco, anche se ho tanta paura. Ma sono fiduciosa, Neith è diventato davvero molto forte.

Robert e Mike mi hanno assicurato che è stato tutto sistemato.

Robert stringe la mano a Mike, e subito dopo fa lo stesso con me.

«Ragazzo abbi cura di te» dice l'uomo dandomi una pacca sulla spalla.

«Anche tu. Grazie di tutto» dico sorridendo.

«Di nulla. Sai bene che per la famiglia di Mike farei questo e altro.», si gira verso quest'ultimo facendogli l'occhiolino. Saluta entrambi con un cenno della testa e va via.

Mike mi poggia una mano sulla spalla, mi volto e lo guardo diritto negli occhi, che sembrano veramente stanchi, so che anche lui sta soffrendo per tutto ciò che è successo. So che si dà la colpa di non aver protetto sua figlia, mi si stringe il cuore, perché capisco perfettamente cosa sta provando.

«Ragazzo so che sei forte, non lasciarti abbattere, io ho sempre creduto in te e continuerò a farlo» dice con un pizzico di orgoglio nella voce.

«Grazie Mike, per me significa tanto» dico stringendogli la mano che è ancora poggiata sulla mia spalla.

Poi fa una cosa che non mi sarei mai aspettato, mi abbraccia. Ed io mi lascio andare completamente. Avrei tanto voluto che mio padre fosse stato lui.

«Ti voglio bene figliolo, come un figlio».

«Ti voglio bene anche io».

Le cose da oggi in poi cambieranno, so che comunque la ripresa non sarà per nulla facile, ma io non sono solo, non più.

Parlerò con Kendra di tutto l'accaduto, voglio essere sincero in tutto e per tutto. E sono certo che anche lei troverà la forza di aprirsi e fidarsi in tutto e per tutto di me. Io sarò la sua ancora, ora e per sempre.

CAPITOLO 16

Una settimana dopo…

Kendra Maris

Neith è entrato in camera mia come un tornado, quasi non mi dava neanche il tempo di infilarmi le scarpe. Ho dovuto fare tutto in fretta, questo ragazzo è un vulcano di energia.

Mi ha trascinata fuori dicendomi che avremmo visitato New York, cosa che purtroppo non ha potuto fare da quando è arrivato in qui, per ovvi motivi.

Per spostarci useremo la metro e per l'ultima tappa affitteremo delle biciclette.

Con lo zaino in spalla e una cartina tra le mani, ci siamo messi in viaggio.

Empire State Building, Metropolitan Museum of Art, Coney Island e infine Central Park.

Quando arriviamo all'ultima tappa sono sfinita, ma nello stesso tempo felicissima.

Siamo sdraiati sull'erba, Neith mi tiene la mano e ha il viso rivolto verso il cielo. Io lo guardo con ammirazione, questo ragazzo è veramente forte. Si accorge che lo sto fissando e si volta verso di me sorridendomi.

Poi mi strattona verso di lui facendomi squittire.

Ora sono a cavalcioni su di lui.

«Questa è una delle mie posizioni preferite» dice sghignazzando.

«Ma dai smettila!» esclamo arrossendo, per poi sorridere come un'idiota.

Neith mi mette una mano dietro alla nuca e mi attira verso di lui. Ora le nostre labbra quasi si sfiorano, sento il suo fiato caldo, è una sensazione piacevolissima.

«Ti amo Kendra Maris»

«Ti amo Neith Xander, ogni giorno di più».

Mentre sto per baciarlo il mio telefono mi segnala l'arrivo di un messaggio. Sbuffo con forza e con riluttanza sfilo il telefono dalla tasca dei pantaloncini. Tutto questo restando a cavalcioni su Neith.

Apro la casella dei messaggi e inizio a leggere.

"Ciao sorellina, Sono Logan, tuo fratello. Ho bisogno del tuo aiuto, mi sono cacciato nei guai. Mi trovo a Los Angeles, richiamami".

Dopo aver letto il messaggio mi sento svuotata. Non sento mio fratello da una vita. L'ho cercato per anni senza mai trovarlo. E ora eccolo.

Lui mi ha cercata. Lui è vivo e ha bisogno di me.

Neith mi sta parlando, ma io non lo sento, ho il cuore che batte all'impazzata.

Mi ritornano in mente le giornate in bici.

Le risate e i litigi per un dannato videogame.

Le chiacchierate a sera tardi e i suoi abbracci rassicuranti.

Mi manca da impazzire.

Ma ora cosa devo fare?

Neith Xander

Non so cosa sia successo, ma Kendra è appena diventata pallidissima.

La faccio sedere sulle mie gambe e la stringo forte tra le mie braccia. L'accarezzo i capelli per farla rilassare, aspetto che sia lei a parlarmi.

«Mio fratello è nei guai» dice a bruciapelo.

La fisso negli occhi senza dire nulla.

Cavolo, non sapevo nemmeno che ne avesse uno.

Devo fare più domande sul suo passato. Mi appunto mentalmente. Conoscersi affondo non è facile, ma prometto di fare del mio meglio.

Kendra Maris

Senza pensarci ulteriormente gli lancio le braccia al collo e mi stringo a lui. Sento le sue mani accarezzarmi la schiena, mi rilasso, ricaccio via le lacrime. Mi sento calma, ora posso parlargli di lui.

Alzo la testa e lo fisso negli occhi, lui non si fa sfuggire nessuna emozione, attende con pazienza una mia spiegazione.

«Mio fratello si chiama Logan, ha sei anni più di me. Te ne sarai accorto di certo, papà non parla mai di lui. Diciamo che non è stato per niente il figlio che un genitore vorrebbe. Quando la mamma è il papà si lasciarono, le cose precipitarono, non che prima andassero bene. Si era cacciato molte volte nei guai.

Possesso di stupefacenti, furto d'auto e molte altre cose che non sto qui ad elencarti», faccio un piccolo respiro prima di continuare, Neith di tutta risposta mi stringe di più tra le sue braccia.

«Sai che con me puoi parlare di tutto, non temere piccola» dice con dono dolce.

Sorrido e continuo con il racconto.

«Ciò che fece del tutto finire i rapporti tra mio padre e mio fratello fu quando Logan rubò i soldi dalla società di mio padre e scappò via. Mio padre con molti sforzi riuscì a rintracciarlo. Lo implorò di tornare, gli disse che lo avrebbe perdonato, ma mio fratello non volle sentire ragioni. Così mio padre gli urlò "Tu non sei più mio figlio. Dimenticati di me, di noi" e riattaccò. Io quella sera non smisi un attimo di piangere, sapevo che non l'avrei più rivisto» rivelo senza fiato.

«Non ho mai smesso di cercalo» aggiungo tra i singhiozzi.

Neith sospira, poi mi fa sollevare la testa e con occhi pieni di dolcezza e comprensione mi chiede: «Ora vorresti aiutarlo?»

Annuisco con la testa, lui mi sorride.

«Allora chiamalo».

Chiamo Logan, l'emozione nel sentire la sua voce è incontenibile, ma quando mi rivela in che guaio si è ficcato, mi si serra la gola e il mondo mi sembra crollarmi addosso. Riattacco e racconto tutto a Neith.

«Andremo da lui» annuncia rimettendosi in piedi.

Lo guardo con occhi ricolmi di lacrime.

«Faresti questo per me?» chiedo senza fiato.

Mi stringe a sé.
«Farei di tutto per te» dice baciandomi dolcemente sulle labbra.
Sono una donna davvero fortunata.

Maria Marano

Combattere per Amore

Novella

IL MIO OSSIGENO SEI TU

CAPITOLO 1

Neith Xander

Logan, fratello maggiore di Kendra, di cui non sapevo neanche dell'esistenza, si è cacciato in un guaio davvero enorme.

Ho promesso a Kendra che avrei trovato la soluzione, costi quel che costi, e quando le ho proposto di raggiungerlo ero sicuro che fosse un'idea brillante, ma ora non se sono più tanto sicuro.

Ho detto a mia madre e Mike che saremmo partiti per una piccola vacanza. Loro non hanno fatto tante domande, perché pensano che entrambi abbiamo bisogno di rilassarci.

Mi dispiace mentire, ma lei mi ha chiesto di non dire nulla, perché sa bene che Mike non approverebbe mai. Ho acconsentito solo perché la amo.

Kendra prima di salire in aereo ha inviato un messaggio a Logan dicendogli che saremmo arrivati a Las Vegas in serata. Lui le ha risposto che ci avrebbe aspettato fuori dall'aeroporto, ospitandoci poi a casa sua. Insomma il mino che potesse fare d'altronde.

Quando finalmente atterriamo mi lascio sfuggire un sospiro di sollievo, odio volare. Kendra mi fissa e poi scoppia a ridere.

Non ha fatto altro che prendermi in giro. So che lo faceva per farmi rilassare e distrarre, anche se sono sicuro che ci fosse un pizzico di malizia nelle sue battutine, lo vedevo dai suoi occhi. Però ammetto di amarla anche per questo, amo la sua spontaneità e la sua schiettezza.

I suoi occhi sono come un libro aperto per me, le parole sono superflue, noi sappiamo leggerci dentro.

Kendra Maris

Appena fuori dall'aeroporto cerco con lo sguardo mio fratello, ma non riesco a trovarlo. Neith appoggia le valigie per terra, mi si avvicina e mi chiede se riesco a vederlo.

«Non saprei. Sembra di no. Magari potrei chiamarlo?» dico aggrottando le sopracciglia.

«Va bene. Se non riesci a rintracciarlo, chiamo un Taxi e andiamo in un albergo qui vicino» dice per rassicurarmi.

Sto per dirgli di sì, quando una voce mi chiama, mi volto a destra e poi a sinistra, ma non vedo nessuno.

«Kendra sono qui, dietro di te», mi volto e mie occhi si posano sul ragazzo di fonte a me.

Ha i capelli neri come la notte, gli arrivano fin sopra le spalle. Gli occhi sono di un azzurro spento. Indossa un paio di Jeans strappati, una felpa blu, di una taglia più grande, e infine delle scarpe blu tutte logore. Ha la barba di circa due giorni, sembra così stanco, ma soprattutto così trascurato.

«Ciao Logan» dico quasi sussurrando.

«Non mi abbracci neanche?» chiede sorridendo, mi avvicino a lui e con riluttanza mi lascio abbracciare.

Non so cosa provare.

Vorrei abbracciarlo forte e dirgli quanto mi è mancato, ma allo stesso tempo vorrei urlargli in faccia e dirgli che è stato un emerito stronzo, non doveva lasciarci.

Ma alla fine taccio.

Mi volto verso il mio uomo e faccio le dovute presentazioni.

«Logan, lui è il mio ragazzo Neith, Neith lui è mio fratello Logan», sorrido appena.

I due si guardano, nessuno proferisce parola, poi entrambi allungano un braccio e si stringono la mano, entrambi con un po' troppa foga.

Si sentono delle ruota stridere sull'asfalto, poi una macchina si ferma proprio accanto a noi. Due uomini abbastanza robusti scendono dall'auto e si dirigono nella nostra direzione. Io resto ferma, ma con lo sguardo cerco subito Neith.

Neith Xander

Afferro Kendra per un braccio e la faccio posizionare dietro di me. I due uomini ora sono praticamente davanti a noi.

«Ti avevamo avvertito Logan, solo due giorni di tempo. Vogliamo i nostri soldi» urla l'uomo muso contro muso.

«Non ho i vostri fottuti soldi. Datemi ancora qualche altro giorno. Giuro che li rimedierò» ribatte Logan con tono sottomesso.

«Basta con queste stupide promesse, siamo stanchi» replica l'uomo colpendolo con due dita sul petto.

Lo sguardo di uno degli uomini si posa su Kendra, il suo sorrisino non mi sfugge, così stringo forte i pugni pronto a colpire.

«Potresti prestarci la biondina. Come anticipo magari» suggerisce il tipo sogghignando. La mia mascella si contrae e istintivamente digrigno i denti.

Faccio indietreggiare ancora di più Kendra.

«Non pensarci neanche!» dico quasi ringhiando.

«Che cosa vuoi biondino? Hai voglia di prenderle al suo posto?» mi sfotte lo stronzo.

Preso dalla foga non mi sono accorto che l'altro si è spostato dietro di noi. Afferra il polso di Kendra e la stringe così forte da farla urlare. I miei occhi si riempiono di rabbia, sento i muscoli irrigidirsi e con un pugno stendo l'uomo, che cade trascinandosi Kendra per terra.

Mi precipito da lei, le cingo la vita con un braccio e la stringo a me.

«Ora prendi questo sacco di immondizia del tuo amico e sparisci. Logan ti restituirà i tuoi maledetti soldi, però dovrai aspettare almeno tre giorni. Hai capito?» urlo all'uomo davanti a me.

L'altro aiuta l'amico a rialzarsi e si precipita verso la macchina, poi si volta e urla: "Solo tre giorni".

Mi volto verso Logan e lo guardo con astio.

«Quanti maledetti soldi gli devi?» chiedo con rabbia.

Lui sgrana gli occhi, poi abbassa la testa e quasi bisbiglia "30 mila dollari". Dio, ora dove prendiamo tutti questi soldi?

CAPITOLO 2

Kendra Maris

Volevo urlare contro mio fratello, sfogare la mia rabbia, dirgli che mi ha delusa ancora una volta. Ma avevo ancora la testa in subbuglio e le gambe tremanti.

Quando arriviamo nel quartiere in cui abita, resto del tutto impietrita, è quasi spaventoso. Ci sono macchine abbandonate sul ciglio della strada, tipi loschi che si aggirano per i vicoli bui e sporchi. Il palazzo dove si trova il suo appartamento è pericolante, sembra quasi che basti un soffio di vento per buttarlo giù.

Quando entriamo nell'appartamento una puzza di spazzatura ci investe le narici. Guardo Neith con gli occhi spalancati, ho il respiro mozzato, lui mi stringe un braccio e mi dice di resistere. Giuro che mi viene da vomitare.

Ci sono tre stanze in tutto: un bagno piccolissimo, in uno stato davvero pietoso, una piccola cucina/salotto con il minimo indispensabile e la camera da letto, quest'ultima ha un armadio e un letto matrimoniale, vabbè è più una rete con un materasso.

Nel lato soggiorno c'è un divano e una piccola tv appoggiata su una sedia. Ma come cavolo fa a vivere in questo posto?

Neith si avvicina alla finestra e scosta la tenda per poter vedere fuori, lo vedo agitatissimo, capisco bene ciò che sta provando. Io sono in piedi accanto alla tv, mentre mio fratello è seduto sul divano. Ha i gomiti appoggiati sulle ginocchia e si tiene la testa tra le mani.

«Cosa faremo ora?» dice quasi in un sussurro.

Non so cosa dire, cerco di pensare a qualcosa, forse potremo chiedere aiuto a papà? Ma sono sicura che non lo aiuterebbe, il risentimento verso mio fratello è davvero enorme.

Forse potrei svuotare il mio conto in banca, non ho molto, dato che ho speso tutto per la mia nuova casa.

«Ci penserò io» dice Neith con voce ferma.

Mi volto di scatto verso di lui guardandolo con occhi spalancati.

«Come? Non voglio che tu ci rimetta i tuoi soldi. So bene che hai intenzione di aprire una tua palestra».

Lui si avvicina verso di me e con una mano mi accarezza il viso. Sospira, poi mi sorride con dolcezza.

«Piccola, un mio amico mi ha detto che da queste parti c'è un torneo di boxe clandestino dove tutti possono partecipare. La somma è abbastanza alta, con quei soldi potremo estinguere il debito di tuo fratello e non solo» dice serio, poi si volta verso mio fratello.

«Però non sono certo di vincere, i concorrenti sono agguerriti, ma soprattutto sono molti. Con il tempo ce la faremo, dato che dura solo due giorni e inizia domani».

Fa una piccola pausa. Mio fratello lo guarda con aria accigliata.

«E se tu non vincessi?» dice con voce tremante.

Neith mi tira a sé e mi abbraccia da dietro, poggia il mento sulla mia spalla.

«Allora diremo tutto a Mike» dice con voce tranquilla.

«Papà non mi aiuterà mai» replica Logan con voce sprezzante.

«Lo so benissimo. Ma forse Kendra riuscirà a convincerlo. Però bada bene, se io riesco a vincere e pago il tuo debito, voglio che tu mi restituisca tutto. Devi iniziare a prenderti le tue responsabilità, non puoi mandare a puttane la tua vita, ma soprattutto non puoi ferire ancora una volta tua sorella. Sai che tiene a te, allora alzati e rimettiti in piedi» lo incita lui.

Mio fratello annuisce e promette di cambiare. Non so se credere a ciò che ha appena promesso, ma ci voglio sperare. Lui fa parte della mia famiglia.

Prima di andare a letto mio fratello dà indicazioni a Neith su una palestra nelle vicinanze. L'incontro sarà nel tardo pomeriggio, Neith ha bisogno di allenarsi e riprendere il ritmo.

Sono preoccupata per la sua spalla e non solo. Sono letteralmente in preda al panico.

Lo amo così tanto, lui è pronto a combattere per me e per la mia famiglia. Ma ho paura per la sua incolumità.

Forse dovrei chiamare mio padre e chiudere questa storia orribile, ma sono sicuro che lui non me lo permetterebbe. Vuole dimostrarmi che può farcela e che ormai è pronto a riprendere la sua vita in mano.

Credo in Neith e nelle sue capacità.

Sarò al suo fianco in tutto e per tutto, e se si dovesse mettere male lo tirerò fuori, anche contro la sua volontà.

Questa è una promessa.

Neith Xander

Sono in bagno per una doccia veloce.

Questo cubicolo fa veramente schifo, ma ho bisogno di rilassarmi. Devo mettercela tutta domani.

Sono preoccupato per la spalla, ma anche per il fatto di essere fuori allenamento. Ma voglio aiutare quello stupido. Sia chiaro non lo faccio per lui, ma per la mia Kendra e per Mike.

Non ho voluto spaventarla, ma gli uomini che ci hanno aggredito sono della mafia. Si occupano di spaccio e di estorsione, aggiungerei anche di prostituzione. Sono veramente pericolosi.

Esco dal bagno e mi dirigo verso la camera da letto. Il fratello ci ha offerto la sua camera, mentre lui dormirà sul divano. Era il minimo che potesse fare.

Lei è sul letto con indosso una mia maglia, non porta il reggiseno, perché vedo i suoi capezzoli sotto la stoffa sottile. Lascio cadere l'asciugamano che porto alla vita.

I suoi occhi scorrono lungo il mio corpo. Sorride maliziosamente, poi con una mano fa segno di raggiungerla a letto. Prima che io possa raggiungere il letto, si sfila la maglia, ora è completamente nuda.

Ci baciamo fino a farci male le labbra, finché i nostri corpi non sono carichi di passione e desiderio. Sono su di lei, è una sensazione indescrivibile averla sotto di me, ho la testa in subbuglio. Poi mi scosto per contemplare il suo corpo. È bellissima, meravigliosa, è perfetta.

Con la mano salgo verso il suo seno e accarezzo un capezzolo, lei geme.

«È sempre così bello con te.» sussurra ansimando, poi mi mette le mani sulle spalle. Mi attira verso di sé, mi chino e le bacio il collo, poi sempre più giù. Entrambi siamo eccitati, i nostri respiri diventano sempre più pesanti. La bacio dolcemente all'inizio, ma più la sento eccitarsi e ansimare, e più decisi si fanno i miei baci.

Voglio lei. Soltanto lei. Nessun'altra.
Voglio stare con Kendra per sempre.
Qualche secondo dopo sono dentro di lei.
È bellissimo, perfetto, lei è tutto ciò che desidero.

CAPITOLO 3

Kendra Maris

È mattino presto e sono seduta su una panca in palestra, mentre sorseggio il mio caffè, guardo il mio uomo allenarsi. È uno spettacolo indescrivibile.

Il suo corpo è così perfetto, la sua pelle sudata mi fa quasi venire l'acquolina in bocca.

La mia mente ritorna a ieri a quando abbiamo fatto l'amore. È stato così intenso, così appagante.

Scuoto la testa e ritorno a fissarlo. Si sta impegnando tantissimo, spero veramente che le cose vadano bene.

Ho fiducia in lui.

Logan sembra veramente risentito, questa mattina abbiamo parlato a lungo sul da farsi, mi ha promesso che metterà la testa a posto, ma più di tutto mi ha promesso che chiamerà papà per chiarirsi.

Sono consona che purtroppo le cose non saranno per nulla facili, mio padre è molto orgoglioso e soprattutto testardo, penso di somigliargli davvero molto sotto questo aspetto, ne sa qualcosa il mio povero Neith.

Però è anche molto dolce e comprensivo, sono certa che il suo cuore di burro si scioglierà appena rivedrà il mio fratellone.

Neith Xander

Sono veramente sotto pressione.

Non mi sento al pieno della forma fisica, infatti mentre mi stavo allenando in palestra la spalla mi faceva leggermente male. È un dolore sopportabile, però mi preoccupa, non vorrei lussarmela di nuovo e rischiare di non poter più praticare questo sport.

Kendra è stata tutto il tempo con me in palestra. Mi piaceva averla accanto, certe volte le lanciavo qualche sguardo accattivante, lei arrossiva visibilmente e mi faceva la linguaccia.

Ora è andata con il fratello a comprarmi l'occorrente per l'incontro, che per la precisione si terrà tra un'ora.

Adoro vederla sorridere, anche se purtroppo in alcuni momenti l'ho vista abbassare lo sguardo e perdersi nei suoi pensieri. So che è preoccupata per me e so anche che è arrabbiata con suo fratello. Spero vivamente che le cose si aggiustino del tutto, una volta e per tutte.

Kendra Maris

È giunto il momento. Tra poco si terrà il primo incontro di Neith. Io e l'ansia siamo diventate tutt'uno.

Ho le mani gelate e la fronte imperlata di sudore.

L'avversario che affronterà per primo è due volte il doppio di lui. Da quando ho capito si fa chiamare il macellaio, soprannome che non mi tranquillizza per niente.

Da quanto ho capito in questo tipo di incontri sono permesse scorrettezze e bassezze, cosa che mi preoccupa moltissimo, comunque pur sempre entro i limiti.
Mio fratello si è dato una ripulita, ora sembra più umano. Anche lui è nervoso, non penso per il mio stesso motivo, di sicuro ha solo paura che Neith perda e non riesca a racimolare quei maledetti soldi.
Il solo pensarci mi fa rabbia.
Come cavolo ha fatto a ridursi in quello stato? Eppure speravo che in qualche modo avesse messo la testa a posto e si fosse costruito una famiglia. Che illusa che sono stata.

Neith Xander

L'incontro è iniziato da pochi minuti, e già le sto prendendo di santa ragione, se continua con questo ritmo mi farà a pezzi.
Quest'uomo è un vero animale, non mi sta dando un attimo di respiro. Quando cado a terra per l'ennesima volta, mi prendo un po' di tempo per respirare, ho le costole doloranti, il labbro mi fa un male cane e la spalla brucia come fuoco ardente.
Cerco di sollevare la testa per poter incrociare gli occhi della mia Kendra e quando riesco finalmente a individuarla, resto del tutto senza fiato.
La vedo coprirsi la bocca con la mano, so che sta cercando di non piangere, ma i suoi occhi sono già così umidi. Si accorge che la sto guardando. Scosta la mano

dalle labbra e accenna un sorriso, poi con labbra tremanti sussurra: "Credo in te".

Quando mi rialzo sono carico di una nuova energia.

Non posso arrendermi.

Combatto per lei. Combatto per amore.

Non c'è cosa più forte.

Con questo qui non posso giocare di forza, ma di agilità e furbizia.

Kendra Maris

Giuro che sto bruciando dentro.

Ho cercato di non piangere per tutta la durata dell'incontro, ma quando ho incrociato i suoi occhi ho sentito il cuore fermarsi per un attimo.

Avrei voluto correre da lui e trascinarlo via da quel dannato ring, urlare a quell'uomo di smetterla e di levarsi dalle scatole. Non so se sono state le mie parole, ma mi piace molto pensarlo, Neith si rialza e finalmente sta avendo la meglio.

L'uomo è forte, ma lui è agilissimo. Ha evitato un destro, poi un sinistro, ora si è piegato sulle ginocchia e ha sferrato un destro nello stomaco di quell'energumeno.

L'avversario esausto barcolla all'indietro, respira affannosamente tenendosi le mani allo stomaco.

Digrigna i denti e si precipita con furia verso Neith con il destro pronto, lui si lancia di lato e lo colpisce con un destro deciso, diritto sul muso.

L'uomo cade sul ring di botto e l'arbitro comincia a contare.

«4, 3, 2, 1... Vince l'incontro Neith Xander!» urla con voce grossa.
Salto praticamente dalla sedia, abbraccio mio fratello presa dalla foga. Ma subito mi allontano.
Ora sto correndo verso il ring, ho bisogno di abbracciarlo, subito.

Neith Xander

La vedo correre verso di me.
Appena scendo dal ring mi stringe tra le sue braccia tempestandomi di baci.
«Calma piccola, finirai per stritolarmi» le dico sghignazzando.
«Scusami amore, non volevo farti del male» replica con voce tremante.
«Non scusarti piccola, stavo scherzando» la rassicuro sorridendo.
Anche se a dire il vero mi sento un vero straccio.
Ho bisogno di bere, darmi una ripulita e prendere qualche antidolorifico.
Ci sono altri incontri, altri avversari agguerriti.
Spero vivamente di resistere.

Gli incontri successivi si rivelano davvero una passeggiata, per fortuna le cose si stanno mettendo davvero molto bene. La speranza di riuscire a vincere si fa più viva dentro di me.

Kendra Maris

Neith ha solo una mezz'oretta per poter riprendere fiato e medicare le ferite. Non so come andrà a finire, so solo che la mia ansia si è quadruplicata. Spero che il prossimo incontro sia più leggero, non sono sicura di riuscire a resistere all'impulso di trascinarlo via da questo posto.

«Ho fatto tutto il possibile per pulire le ferite. Prendi quest'antidolorifico, non dovresti più sentire così dolore. Mi dispiace troppo, sai che se non te la senti puoi mollare, chiamerò papà» dico con estrema tranquillità, anche se al solo pensiero mi si gela il sangue nelle vene.

«Non preoccuparti, non fa poi così tanto male. Ho detto che ci avrei pensato io, sai bene che mantengo sempre le promesse.» mi dice sorridendo.

Sento una voce chiamare i partecipanti.

Ricaccio indietro le lacrime, lo prendo per mano e ci dirigiamo insieme verso il ring.

Neith Xander

Il mio prossimo avversario sarà Dimitri, per mia sfortuna lo conosco perfettamente. Questa volta sarà ancora più dura. Bacio Kendra sulle labbra e le dico di andare a sedersi e di non preoccuparsi. Lei mi lascia riluttante, mi aggiusto i guantoni, stringo i denti e salgo sul ring. Spero di riuscire a vincere, ma soprattutto di mantenere la mia promessa.

Dimitri è veramente un osso duro. Non riesco a buttarlo giù in nessun modo. Il nostro modo di combattere è troppo simile. Non so se riuscirò a resistere ancora per molto, la spalla mi fa veramente male, il dolore mi sta offuscando la mente.

Kendra Maris

Non riesco a trattenere le lacrime, gli occhi mi bruciano così tanto. So che questo è uno sport, ma non riesco ad accettare tutta questa violenza, vedere Neith in quelle condizioni mi sta spezzando il cuore. Mi volto verso mio fratello per ottenere un poco di conforto, ma non è più al mio fianco.

Vago con lo sguardo alla ricerca di Logan, finalmente lo vedo vicino al piccolo bar. Mi alzo dalla sedia e mi dirigo verso di lui. Non si è accorto della mia presenza, da ciò che riesco a sentire capisco che sta scommettendo, la cosa non mi stupisce, ma ciò che mi fa rabbia è che sta scommettendo contro Neith.

Quando si volta fa un balzo all'indietro. Le mie mani fremono, i miei occhi sono ormai ricolmi di lacrime.

«Sei un vero idiota» dico urlando, la mia mano si muove autonomamente.

Questo schiaffo se lo meritava, non c'è nessun dubbio. Si porta una mano alla guancia e sfrega con forza.

«Mi dispiace.» dice con un filo di voce. Questo è tutto ciò che riesce a dire. Sto per dirgli che Neith non avrebbe mai dovuto aiutarlo, quando sento la folla urlare, qualcuno è caduto al tappeto, l'arbitro sta contando.

Ho paura di voltarmi, ma l'espressione di mio fratello dice tutto. Mi volto e corro verso il ring, con un sorriso stampato sulle labbra.
Neith, il mio Neith ha vinto.

Neith Xander

Finalmente facciamo ritorno all'appartamento.
Mi sono fatto una doccia rilassante, ne avevo veramente bisogno. Indosso solo un paio di boxer e vado a mettermi sul letto.
Kendra entra in camera con bende, disinfettante e pomata. Mi accudisce con amore, sembra quasi una crocerossina, la mia crocerossina.
Quando le poso un mano sul sedere, tocco innocente per la precisione, mi guarda torvo e mi dice che in queste condizioni non devo fare alcun sforzo.
Poi i nostri corpi si intrecciano in un tenero abbraccio carico di significato.

Sono carico al massimo, pronto ad affrontare qualsiasi avversario. Ieri sera con Kendra è stato bellissimo, dormire tra le sue braccia mi dà la carica, mi dà conforto, lei è il mio ossigeno.
Sono sul ring ad attendere il mio avversario, mi volto in direzione di Kendra e le lancio un bacio, lei arrossisce visibilmente e mi mima un "ti amo", sorrido come un liceale alla sua prima cotta e rispondo che l'amo.
Sento la gente urlare, segnale che il mio avversario finalmente ha fatto il suo ingresso.

Maledizione è uno dei due uomini che ci hanno aggredito all'aeroporto, questa cosa non mi piace per niente.

Kendra Maris

L'incontro è iniziato da pochi minuti e Neith sta già avendo la peggio, quell'uomo è davvero scorretto, sono preoccupatissima.

Distolgo lo sguardo solo per un attimo, quando sento la gente urlare "buuuuu".

Il mio ragazzo è a terra, l'arbitro sta iniziando a contare.

Da ciò che stanno dicendo le persone intorno a me, l'uomo ha sferrato a Neith un destro diritto alla testa.

Corro verso il ring urlando il suo nome. Quando lo raggiungo ho praticamente il cuore in gola e il viso rigato dalle lacrime.

L'arbitro continua con il conto alla rovescia, Neith non si rialza.

Voglio trascinarlo via.

Voglio portarlo in salvo.

Voglio che tutto questo finisca all'istante.

Neith Xander

Mi ritrovo catapultato in un posto a me caro.

Il lago dove la mia sorellina ed io passavamo gran parte delle nostre giornate. Mi siedo sul grande masso accanto al salice dove sono ancora incise le nostre iniziali.

«Ancora non è il tempo di ritrovarci» dice una voce familiare dietro alle mie spalle.

Faccio per volarmi, ma una luce accecante mi ostruisce la visibilità. E prima che tutto sparisca intravedo il dolcissimo viso di Sabry.

Mi alzo barcollante, la folla urla il mio nome. Scuoto la testa per riacquistare lucidità, ma soprattutto per mettere a fuoco il mio avversario. L'arbitro ci manda agli angoli del ring, Kendra corre da me con una bottiglia d'acqua e qualche antidolorifico.

«Amore ti prego non devi farlo per forza, diremo tutto a mio padre» mi dice con tono disperato.

«Piccola, fidati di me, andrà tutto bene» le dico con tono rassicurante. Le sorrido e mando giù due pillole, lei me lo restituisce, però leggo sul suo viso paura e incertezza.

Prima di rialzarmi la bacio sulla fronte e le dico di non preoccuparsi, io ce la farò.

Sentire la voce della mia sorellina mi ha dato la carica, un giorno la rivedrò ne sono certo, ma quel giorno non è ora.

Kendra Maris

In questo momento Neith sembra rinato.

Schiva ogni colpo, mentre i suoi vanno diritti a segno.

Mi ritrovo a urlare come una matta il suo nome, in preda a un'euforia mai provata, al mio fianco mio fratello sta facendo lo stesso. Mi prende per mano, ci guardiamo sorridendo, poi entrambi urliamo "Forza Neith".

Finalmente l'incontro è finito, il mio uomo ha vinto. Ora manca un solo incontro, poi finalmente andremo via da questa città. Mio fratello sarà libero.

Il prossimo incontro sarà tra quattro ore. Per fortuna avrà il tempo di riprendersi da tutto questo stress, ha davvero bisogno di riposare, ma non posso non coccolarlo e dedicarmi a lui, per il suo piacere e per il mio, ovvio.

Appena tornati nell'appartamento trascino Neith sotto la doccia con me, ho bisogno di averlo, oggi ho avuto paura di perderlo. Gli afferro la nuca e premo le labbra contro le sue così forte da fargli quasi male.

Ho bisogno di sentirlo, assaporarlo, voglio che le sue mani mi tocchino per scacciare via questo senso di paura e preoccupazione che ancora mi assilla. Anche solo per un attimo.

Neith mi stringe a sé rispondendo alla mio attacco con un pesante gemito di desiderio, mi afferra così forte da farmi quasi temere di cadere, mi stringe a sé più che può, sento il battito del suo cuore sul mio petto.

Neith Xander

Usciamo dalla doccia ancora con le labbra incollate.

La faccio sedere sul letto e le asciugo i capelli. Mi guarda con passione, ha bisogno di me, come io ho bisogno di lei. La bacio.

Posso sentire la morbidezza delle sue labbra. Le nostre lingue si intrecciano. Mi stendo su di lei, la tengo stretta a me. Le lascio una scia di baci tra l'orecchio e la gola.

Il respiro le si spezza quando il mio sguardo ricade sul suo seno perfetto. Prendo uno dei suoi capezzoli tra le labbra e inizio a mordere, lo succhio, lei geme, ed io mi eccito ancora di più. Ora è il suo turno.

Si posiziona su di me, fa scivolare le sue mani delicate sul mio petto, una tortura lenta e dolorosa, ho bisogno di sentirla.

Tenendola per i fianchi, scivolo in lei e il mio corpo è percorso da un fremito.

Si muove su di me. Lenta e dolcissima, ogni affondo è un'ondata di emozioni.

Il suo corpo freme, ora è il mio turno. Si rilassa e si abbandona tra le mie braccia.

Entrambi abbiamo il fiatone, cerca la mia mano, intreccia le nostre dita e se la porta sul cuore.

"Questo ti appartiene" sussurra appena, sorrido e la bacio con dolcezza.

Lei è mia, io sono suo, per sempre.

CAPITOLO 4

Neith Xander

L'ultimo incontro è inizia proprio in questo istante.

Tutto sta procedendo senza intoppi. Devo ammettere che entrambi sappiamo il fatto nostro. Abbassa la guardia per un attimo e subito ne approfitto per fare la mia mossa, il mio destro va a segno, lui barcolla e cade a terra.

L'arbitro inizia con il suo conto alla rovescia.

«Tre, due, uno! K.O» annuncia con foga.

La gente si alza in piedi e urla il mio nome.

Sono ancora confuso, mi sento frastornato e alquanto esausto. L'arbitro si porta al mio fianco e mi prende la mano, solleva il mio braccio destro in alto e svela il verdetto finale.

«Signori e signore, abbiamo il nostro vincitore. Neith Xander!» annuncia a gran voce.

Guardo verso la mia adorata Kendra.

Sorride, mentre saltella sul posto come una bambina. Il fratello mi guarda con occhi pieni di gratitudine, solleva la mano e mi mostra il pollice all'insù.

Sorrido a entrambi, sollevo la mano sinistra e alzo anche io il pollice all'insù.

Finalmente è tutto finito.

Questa piccola avventura mi ha dato modo di scoprire quanto io possa essere realmente forte.

Sorrido soddisfatto. Ho vinto la mia battaglia.

Dopo aver riscosso il premio in denaro, siamo tornati all'appartamento, giusto il tempo di darmi una ripulita.
Ho deciso, di comune accordo, che l'incontro con il boss Don Vito e i suoi uomini, si terrà in un ristorante accanto alla stazione centrale.
Meglio un posto affollato, non voglio correre rischi inutili. Con questa gente non si può mai stare totalmente tranquilli. Lo scambio avverrà, ma alle nostre regole.
Siamo seduti a un tavolo accanto a una grande vetrata, Kendra non fa altro che muoversi sulla sedia, capisco benissimo la sua preoccupazione.
Le appoggio una mano sul ginocchio e inizio ad accarezzarla. Lei si volta verso di me, mi sorride, poi mima un "Grazie", con quelle sue labbra dipinte di un rosso ciliegia. Anche in queste situazioni complicate riesco a dedicare pensieri e apprezzamenti nei riguardi della donna che amo. Non c'è tanto da aggiungere, sono completamente preso.
Il boss è in ritardo, tipico comportamento. Sto iniziando a perdere la calma. Tutto al contrario di Logan, che sembra calmissimo, fin troppo oserei dire.
«A cosa pensi?» mi chiede Kendra con tono ansioso.
«Nulla di importante piccola» cerco di dare alla mia voce un tono rassicurante.
«Secondo te come mai tardano così tanto?» chiede visibilmente agitata. Non so cosa rispondere. Poi Logan apre la bocca per la prima volta da quando siamo entrati nel ristorante.

«Sorellina a Don Vito piace farsi aspettare. Non preoccuparti, arriverà» conclude con un sorriso, eccessivamente vero e rassicurante.

Kendra Maris

Passano alcuni minuti. Noto sul viso di mio fratello un senso di ansia e preoccupazione. Seguo il suo sguardo con attenzione. Il miei occhi si posano su un uomo sulla cinquantina, vestito con un completo elegante e capelli buttati all'indietro, barba perfettamente curata, direi proprio di bell'aspetto.

Alle sue spalle i due uomini che ci hanno molestati all'aeroporto. Cavolo, quell'uomo è Don Vito.

Si avvicinano al nostro tavolo a passo lento, guardandosi in giro.

«Salve signori, spero di non essere troppo in ritardo» dice con tono affabile. Ha un accento veramente stranissimo.

«Non si preoccupi Don Vito. Si accomodi pure» li invita Logan con fare gentile. L'uomo si siede senza proferire parola, lo stesso fanno i suoi due scagnozzi.

Uno dei quali guarda il mio Neith con disprezzo, purtroppo la sconfitta gli rode ancora.

«Tu devi essere il ragazzo che le ha date di Santa ragione al mio miglior uomo» dice rivolgendosi a Neith, il suo tono è pieno di ammirazione. Lui non risponde, ma lo guarda diritto negli occhi.

«Vedo che sei un ragazzo di poche parole. Che ne diresti di venire a lavorare per me?» propone.

Quasi mi strozzo con il vino che sto bevendo. Neith ha gli occhi ridotti a due piccole fessure. Stringe i pugni con forza, sta cercando di trattenere la rabbia.
«Mi dispiace ma mi vedo costretto a rifiutare» dice con voce ferma.
«Peccato veramente. Ora passiamo alle cose importanti. Logan dove sono i miei soldi?» domanda con tono apparentemente calmo.
Per fortuna non si è arrabbiato per la risposta di Neith. Ora ha chiesto dei suoi soldi, ho l'ansia a mille. Logan si china leggermente sotto al tavolo e afferra la valigia di pelle nera. L'appoggia sul tavolo. Don Vito lo invita ad aprirla leggermente. L'uomo accanto a mio fratello butta un'occhiata all'interno della valigia. Dopo essersi assicurati che il denaro ci sia, Don Vito allunga la mano per prendere la valigia.
Ora è tra le sue mani, ora è tutto finito, almeno così spero. Ma basta un attimo e siamo circondati da uomini con pistole, che urlano a Don Vito e ai suoi scagnozzi di lasciare la valigia e alzare le mani in alto.
Ma cosa diavolo sta succedendo?

Neith Xander

Sono veramente confuso in questo momento.
Tutte le persone presenti nel locale, cioè quelli che credevo semplici clienti, anche una coppia che si stava baciando con passione al tavolo accanto al nostro, sono dei poliziotti in borghese.

Guardo Kendra per avere risposte, ma lei sembra ancora più sorpresa di me. Mi fissa con occhi completamente spalancati. Mi si avvicina con fare confuso, parla tra le labbra, quasi non la sento.

«Neith ma sei stato tu?», la sua voce sembra quasi un bisbiglio. Scuoto la testa e le dico che non sono stato io, che ci sto capendo proprio quanto lei, cioè nulla.

Logan invece sembra particolarmente tranquillo, sta parlando con uno dei poliziotti. Don Vito e i suoi uomini sono stati ammanettati e portati alla centrale di polizia.

«Salve signori» dice uno dei poliziotti.

Un uomo di mezza età, con un paio di baffi e la testa pelata, non so come mai ma lo trovo particolarmente divertente. Sembra buffo, trattengo a stento una risata.

Kendra mi dà un piccolo colpetto al fianco, però noto che anche lei lo trova abbastanza divertente.

«Allora signorina, lei deve essere la sorella del ragazzo al mio fianco. Grazie a lui siamo riusciti finalmente a mettere le mani su quell'uomo. Dovevamo coglierlo in flagranza di reato. Suo fratello dovrà scontare la sua pena, ridotta si intende, ma non possiamo di certo far finta di nulla. Lei capisce...», l'uomo parla molto velocemente, ma sempre con tono gentile.

Kendra fa sì con la testa, ma la vedo ancora molto confusa.

«Signore, ma in che consiste la sua pena?» chiedo con voce ferma.

«Dovrà scontare un mese di lavori socialmente utili, pena notevolmente ridotta, grazie alla sua collaborazione. Però mi raccomando, badate bene che non si ficchi in altri problemi» dice lui con tono di rimprovero. Poi se ne va via senza aggiungere altro.

«Logan perché diavolo non ci hai detto nulla?» sbraita Kendra ormai in piena crisi isterica.

«Mi dispiace sorellina, non volevo mettervi in agitazione» si giustifica Logan.

«Perché pensi che non lo fossimo già abbastanza?» insiste lei.

«Dai piccola, ora calmati. Logan ha comunque fatto una cosa giusta, di questo gli devi dare atto» le dico con tono gentile.

Lei sbuffa e mette il broncio. Ma poi tutto svanisce, scoppia a piangere e abbraccia Logan con tutta la forza che ha. Lui sorride, cerca di trattenere le lacrime, ma è tutto inutile.

Piangono come due bambini, nel mentre esternano tutto il bene che si vogliono.

Kendra Maris

Propongo ai ragazzi di andare a mangiare da qualche parte. Vorrei passare un po' di tempo con mio fratello, dato che domani inizia il suo mese di lavori socialmente utili. Ma prima di uscire dal locale, una domanda mi ronza nella testa.

Mi fermo quasi sulla soglia della porta, mi giro verso mio fratello che sta parlando con Neith del suo ultimo incontro.

«Logan cosa ti ha spinto a collaborare con la polizia?» dico tutto d'un fiato. Entrambi smettono di parlare, Neith mi fissa con sguardo confuso, mentre mio fratello cerca di non guardarmi.

«Allora? Non farti pregare» lo incito avvicinandomi a lui.

Il suo sguardo stranamente si posa su una ragazza. Capelli neri, carnagione scura, direi proprio una bellissima ragazza.

«L'ho fatto per lei», dice quasi sottovoce.

«Chi è?» chiedo cauta.

«Lei era la donna di Don Vito. Per la precisione la sua schiava, la costringeva a stare con lui. La ricattava, diceva che avrebbe spedito i suoi genitori di nuovo in Messico. La picchiava e molte volte l'ha costretta anche a intrattenere rapporti sessuali con gli uomini con cui lui faceva i suoi loschi affari» dice con voce ormai smorzata dalla rabbia. Mi porto le mani alla bocca. Provo pena per quella povera ragazza, avrà si è no vent'anni.

«La ami?» chiedo con voce tremante.

«Forse, non saprei. So solo che avrei fatto di tutto per liberarla. Ecco perché ho contratto quel debito. Volevo investirli nel gioco e raggiungere la somma che voleva Don Vito per la sua libertà» dice con tono ricolmo di rabbia.

Sento il mio cuore riempirsi di felicità. Il mio fratellone lo stava facendo per amore. Non dico che sia stata una cosa particolarmente intelligente, ma tutto cambia, tutto ha un senso.

Mi avvio verso il bancone, Neith cerca di afferrarmi per un braccio, ma senza riuscirci. Mentre mio fratello mi guarda confuso, ma non accenna a muoversi. Arrivo al bancone, la ragazza mi sorride, sembra a dir poco imbarazzata.

«Piacere, io sono Kendra la sorella di Logan» mi presento porgendole la mano. Lei sembra riluttante, poi mi sorride e mi porge la mano.

«Piacere mio, io sono Carmen».

Resto per qualche minuto a parlare con Carmen, mentre i due ragazzi sono andati fuori dal locale a fumare. La ragazza mi racconta in breve la sua vita, tutto quello che ha dovuto passare per dare un futuro al suo fratellino e una vita più agiata ai suoi poveri genitori.

Trattengo a stento le lacrime, tutto questo non dovrebbe succedere a nessuno.

Poi mi parla di Logan, di come lui l'abbia aiutata in questi anni.

Con le lacrime agli occhi ringrazia Logan per averla resa finalmente libera, lo stima, mi dice che è un ragazzo dolce e premuroso. Ricordavo questo lato di mio fratello, ma le sue scelte lo hanno portato via da me, da noi.

Spero che in qualche modo questa ragazza abbia riportato a galla il vero Logan.

Quelli che tutti noi amiamo.

Neith Xander

Kendra si sta trattenendo a parlare con Carmen, le vedo ridere, così senza accorgermene sorrido anche io.

«La ami veramente?» mi chiede Logan sorridendo.

«Molto. Lei mi ha salvato» dico con tono deciso.

«Che cosa intendi?» chiede lui confuso.

«La mia infanzia non è stata una delle migliori, sono successe cose che mi hanno portato a essere ciò che non ero. Mi sono cacciato in tanti guai, non mi importava cosa mi accadesse, vivevo la vita come mi andava, senza pensare alle persone che avevo accanto. Da quando ho incontrato Kendra, tutto è cambiato. Ho scoperto cosa significa amare ed essere amati, ma soprattutto che le mie decisioni influiscono su chi mi ama. Lei mi porta a riflettere e ad agire in positivo, anche se a volte ho delle ricadute».

Logan mi guarda con curiosità, poi sorride e mi porge la mano.

«Sono felice che Kendra abbia trovato un ragazzo come te. Rendila felice, sempre» dice con occhi lucidi.

Gli stringo la mano, poi senza pensarci lo tiro verso di me, lo abbraccio, lui in un primo momento si irrigidisce, poi ricambia l'abbraccio.

«Cerca di avere cura di te, lei ti vuole bene» dico con tono affettuoso.

«Lo so. Cercherò di tornare il fratello che lei stimava» mi dice, poi si libera dall'abbraccio.

«Dopo ciò che hai fatto oggi, credimi ha veramente visto di nuovo il suo Logan» dico sorridendo.

Poi sposto lo sguardo sulla ragazza che sta varcando la soglia, la mia dolce Kendra. Mi sorride, si avvicina e mi cinge il collo con le braccia. Le avvolgono le braccia al corpo e la bacio.

Lei si lascia andare e mi bacia con passione.

Logan tossisce, evidentemente in imbarazzo. Kendra stacca le sue labbra dalle mie, ma senza sciogliersi dal mio abbraccio.

«Allora vogliamo andare a mangiare?» dice con tono euforico.

«Ragazzi vi dispiace se io resto qui? Ho bisogno di parlare con Carmen, perché come ben sapete da domani inizio a scontare la mia pena. Vorrei chiarire delle cose» dice completamente in imbarazzo.

«Vai pure fratellone. Ci vediamo dopo a casa.» risponde Kendra sorridendo. Poi si stacca da me per abbracciare il fratello ancora una volta.

CAPITOLO 5

Kendra Maris

Quando facciamo ritorno all'appartamento è quasi notte inoltrato.

Neith va a fare una doccia mentre io metto in ordine le nostre cose. Quando esce dal bagno è il mio turno, ho bisogno di rilassarmi un poco. Quando finalmente esco sono completamente rilassata. Mi fermo in mezzo alla stanza e guardo Neith steso sul letto intento a leggere un libro, indossa solo un paio di boxer.

«Bel panorama!» esclama ridendo. Si volta verso di me e sorride. Batte una mano sul letto e mi invita a raggiungerlo. Lo guardo di sottecchi, poi slaccio la vestaglia e la faccio cadere ai miei piedi.

Sono completamente nuda. Lui mi guarda sorpreso, ma basta poco perché il suo sguardo diventi famelico. Amo il modo in cui mi fa sentire, sempre desiderata, bella.

«Non farmi più aspettare, raggiungimi a letto amore» mi dice con voce roca. Rabbrividisco al solo sentire la sua voce, Dio mio quanto è sexy. Mi avvicino al letto, e subito mi tira verso di lui.

Mi metto a cavalcioni.

«Ti voglio» gli sussurro maliziosa. Lui sorride e mi stringe le natiche con le mani. Io continuo a stuzzicarlo senza spingermi ancora oltre.

«Ti voglio, ti voglio, ti...», non finisco la frase perché Neith con uno scatto si avvicina a me e mi fa tacere con un bacio. All'inizio è dolce, ma presto si fa più ardente e appassionato. Si scosta dalle mie labbra giusto il tempo per liberarsi dei boxer, poi ritorna a occuparsi delle mie labbra, e non solo.

Neith Xander

Mi metto seduto, mi appoggio al muro con lei ancora su di me. Fa un respiro profondo, le braccia mi stringono le spalle e le gambe sono allacciate intorno alla mia vita.

Entro dentro di lei con estrema lentezza, lei sussulta leggermente, poi inarca la schiena per accogliermi ancora di più. Il seno preme contro il mio petto, sento i suoi respiri farsi sempre più affannati.

"Ti amo" mi sussurra appena contro le labbra, ha gli occhi chiusi e le labbra dischiuse, mentre i nostri corpi si muovono insieme.

«Ti amo anch'io.» le dico stringendola a me, ed entrambi ci lasciamo andare ad un'ondata di piacere.

Kendra Maris

Siamo entrambi esausti ma appagati. Ci sistemiamo sotto le coperte. Appoggio la testa sul petto di Neith, mentre lui mi accarezza la schiena.

«Che ne diresti di restare qui finché mio fratello non finisce di scontare la sua pena? Così poi potremmo tornare tutti insieme a casa.» propongo incerta.

Mi bacia sulla testa.

«Tutto ciò che vuoi tu amore mio. Però a una condizione, dobbiamo trovare un'altra sistemazione, questo posto fa pena» dice sorridendo. Sorrido anche io e prima di chiudere gli occhi del tutto, gli sussurro "Grazie amore mio, per tutto".

Ci siamo svegliati di buon'ora, accompagnato mio fratello in centrale, poi ci siamo diretti in centro per affittare un piccolo appartamento.

Neith su queste cose è particolarmente esigente.

Vuole uno spazio ampio, bella vista e bagno con vasca, quest'ultima cosa sto ancora cercando di capire come mai la desideri così tanto.

Ho visto così tanti appartamenti che ne ho abbastanza. Ho quasi la nausea. I piedi mi fanno malissimo, infatti mi sto maledicendo per aver indossato scarpe con il tacco. Mi slanciano, mi fanno apparire sexy, ma sono una tortura.

Finalmente Neith ha scelto il nostro appartamento, che poi ci servirà solo per un mese e ci ha messo tanto per decidersi, figuriamoci quando dovremo trovare un posto tutto nostro, un luogo dove costruire il nostro futuro, la nostra famiglia.

Lo amo sopra ogni cosa.

Lui è la mia vita.

Neith Xander

Finalmente ho trovato l'appartamento giusto per noi.

So bene che resteremo qui solo per un mese, ma per Kendra desidero il meglio, sempre. Ho in serbo una sorpresa per lei, ma non voglio ancora dirle nulla, so che questa cosa le piacerà tanto.

Kendra gira per le stanze curiosa come una bambina in un negozio di giocattoli. È bellissimo vederla sorridere, resta incantata mentre apre l'enorme finestra che si affaccia sulla città. Ormai è quasi sera, le luci della città sembrano decorazioni di Natale.

Vado in cucina, preparo una cioccolata calda, mentre la mia piccola si stende sul divano. La vedo sospirare, poi estrae il cellulare dalla borsa e chiama suo padre.

Ha deciso di dirgli tutto. Ed è giusto così, i segreti non mi sono mai piaciuti, perché con il passare del tempo il peso diventa sempre più grande. Porto la tazza fumante a Kendra, lei sta ancora parlando con il padre, così la lascio tranquilla. Mi dirigo in bagno e metto a riempire la vasca con acqua calda, prendo alcuni saponi profumati e rilassanti e li verso nell'acqua calda. Ho voglia di immergermi nella vasca, cercare di cacciare via questa tensione. Chiederò a Kendra di fare un bagno insieme. Lo ammetto, lo desidero da morire. Ecco perché ho insistito nel cercare una casa che avesse il bagno con la vasca.

La doccia è veloce, comoda in un certo senso, ma fare il bagno in una vasca insieme alla persona che ami è il massimo.

Kendra Maris

Sono felicissima di aver parlato con mio padre.

Devo dire che è stato molto comprensivo, mi ha solo rimproverata di aver fatto le cose di nascosto, che se glielo avessi detto mi avrebbe aiutata, senza mettere nei guai Neith. Gli ho chiesto scusa e lui è stato davvero molto comprensivo. La settimana prossima verrà qui da noi insieme a Dana.

È da un po' che non sento alcun rumore. Dove sarà finito Neith? Mi alzo dal diano e vado in camera da letto, ma non c'è. Sarà andato a farsi un bagno.

Quando entro in bagno il vapore mi circonda, lui è immerso nella vasca, ha la testa all'indietro poggiata sul bordo, i suoi occhi sono chiusi. Mi spoglio velocemente, senza far rumore.

Entro nella vasca, lui sussulta, ma poi sorride.

Neith Xander

Siamo entrambi immersi nell'acqua calda.

Parliamo di quello che si sono detti lei e il padre, del futuro che vuole dare al fratello, aiutarlo come meglio può.

L'ascolto con interesse mentre la cullo nell'immensa vasca. I suoi capelli bagnati sono incollati al mio petto e le sue mani mi accarezzano le braccia, braccia che le circondano la vita.

«Neith?» dice quasi sottovoce.

«Mmh?», le premo le labbra sul collo, sono completamente rilassato con lei tra le mie braccia.

«Grazie di tutto» mi dice con voce smorzata.

La stringo ancora di più a me. Non vorrei, ma il solo contatto dei nostri corpi mi eccita. Lei se ne accorge. Sghignazza, poi si spinge ancora più indietro.

«Sei veramente cattiva» le dico mordendole la spalla.

Lei urla, ma non per il dolore, so che le piace.

«Piccola, prima che io perda del tutto il controllo, devo dirti una cosa» dico con voce roca. Lei sospira, poi mi esorta a parlare.

«Ho affittato questo appartamento per un anno» le dico tutto d'un fiato.

Si volta verso di me facendo uscire acqua dalla vasca. Posso vedere il suo bellissimo seno, sono tentato nell'impadronirmi del suo capezzolo con la mia bocca, assaporare tutto di lei. Scaccio via ogni pensiero impuro, la guardo negli occhi, sembra confusa.

«Perchè lo hai fatto?» mi chiede con tono sospettoso.

«L'ho fatto per te. Mi spiego meglio. Ho pensato che quando andremo via tuo fratello potrà venire a vivere qui, avrà tutto pagato per un anno. Così avrà il tempo di trovarsi un lavoro e mantenersi da solo».

I suoi occhi si riempiono di lacrime. Praticamente si lancia tra le mie braccia. Mi butta le mani al collo e mi bacia con passione. La stringo per non farla scivolare. Si scosta leggermente da me per potermi guardare negli occhi.

«Neith Xander tu sei l'uomo migliore del mondo».

Poi mi bacia con ardore.

«Il tuo uomo.» dico gemendo.

«Ora, fai l'amore con me» mi implora in un gemito.

Esco dalla vasca e infilo un accappatoio Poi mi abbasso e prendo Kendra tra le braccia, dirigendomi poi in camera da letto.

La stendo sul letto. Lì stesa, con i capelli ancora bagnati tra le lenzuola bianche sembra quasi un angelo, il mio angelo. Lascio cadere l'accappatoio e la raggiungo nel nostro letto.

Ho i brividi per tutto il corpo, averlo sopra di me, sentire le sue mani accarezzarmi il corpo, sentirmi desiderata mi fa andare su di giri. Vago con le mani sulla sua schiena, mentre lui mi bacia con passione, sento crescere in me la voglia di avere di più, sempre di più.

«Ti amo» sussurra lui.

«Ti amo anche io» dico con voce rotta. Lui alza la testa dal mio collo e mi fissa confuso.

«Perchè piangi piccola?» mi chiede preoccupato.

«Piango perchè sono felice».

Lui sorride e mi stringe ancora di più a sé.

Fare l'amore con lui è come se fosse ogni volta la prima volta.

CAPITOLO 6

Neith Xander

Questa mattina mi sono svegliato madido di sudore.

Ho le palpitazioni e l'ansia proprio non mi vuole abbandonare. Non mi è mai capitato prima d'ora, neanche prima di un incontro difficile.

Vi starete chiedendo come mai?

Ieri sera, dopo che Kendra si è addormentata felice tra le mie braccia, ho pensato che avrei voluto momenti come quelli per tutta la vita.

Ho deciso, voglio chiederle di sposarmi.

Mi alzo dal letto lentamente e mi dirigo in bagno. Mi spoglio e mi infilo sotto la doccia. Ho bisogno di pensare, di trovare un modo speciale per chiederle di sposarmi. Mi passo le mani tra i capelli massaggiando per bene. Poi ho un illuminazione. "Ho trovato!" dico quasi urlando.

Due mani mi sfiorano la schiena, sussulto per la sorpresa. Mi rilasso, appoggio le miei mani sulle sue. Lei poggia la sua testa sulla mia schiena.

«Che cosa hai trovato?» mi dice curiosa.

«Mmh…» dico ormai in estasi. Le sue mani hanno un effetto straordinario sul mio corpo.

«Dimmelo! Oppure devo torturarti?» dice con voce sexy.

«A questo punto scelgo la tortura». Mi volto e l'afferro per la vita. Lei mi cinge la vita con le gambe e il collo con le braccia.

«Tieniti a me.» le dico con voce roca. Con una spinta decisa entro dentro di lei. Ci muoviamo a ritmo, lei ansima ed io impazzisco. Inarca leggermente la schiena. Ora sono completamente dentro di lei. È una sensazione stupenda, da togliere il fiato.

Kendra Maris

Ho passato tutta la mattinata a fare compere, Neith mi ha detto di dedicarmi un po' a me stessa. Mi ha annunciato che questa sera andremo al concerto del mio amico Dylan. Non sapevo neanche che suonasse da queste parti. Neith mi sorprende sempre. Sorrido, scuoto la testa ed entro euforica in un negozio di vestiti.

Neith Xander

Kendra è fuori da più di tre ore, quando bisogna fare spese lei si lascia andare come un treno in corsa. Sorrido e continuo a prepararmi. Ho organizzato ogni cosa, Dylan è stato veramente disponibile, era euforico, felice per lei, felice per noi. Tempo fa so di averlo giudicato malissimo, ma mi sono dovuto ricredere, per fortuna.

Sento la porta aprirsi.

«Amore sono a casa» urla lei con voce acuta.

«Tutto bene? Io sono quasi pronto.» le dico sorridendo.

«Oddio, scappo subito a vestirmi» dice in preda al panico.

«Vai con calma amore.» dico sorridendo, mentre scuoto la testa divertito. È pazza, la mia pazza.

Esco dalla camera e mi dirigo in salotto e mi metto comodo sul divano ad aspettarla. Passano alcuni minuti, poi la vedo comparire nel corridoio. Mi alzo dal divano, mi stiro il pantalone per togliere via le pieghe che si sono formate.

«Eccomi» annuncia con tono incerto.

Alzo la tesa per poterla guardare. Resto quasi senza fiato. Ha un tubino color pesca che le fascia il corpo perfettamente e le mette in risalto le curve generose. Ha un paio di scarpe nere con il tacco e una borsetta dello stesso colore. Ha i capelli legati in una morbida coda e un trucco leggero, ma che le fa risaltare i suoi bellissimi occhi.

«Sei incantevole» le dico quasi sottovoce. L'afferro per la vita e la tiro a me. La bacio sulle labbra.

«Tu invece sei maledettamente sexy» mi dice con le labbra ancora sulle mie.

Kendra Maris

Quando arriviamo al concerto Dylan e la sua band stanno già suonando. Grazie a Neith abbiamo i posti in prima fila. Il mio amico appena ci vede ci fa un cenno con la testa e sorride. Intreccio le mani con quelle di Neith e inizio a scuotere la testa a ritmo di musica. Sta quasi per finire la canzone, quando lui accosta le sue labbra al mio orecchio.

«Torno subito, aspettami qui», non ho neanche il tempo di rispondere che si è già allontanato. Dylan attacca un ritmo lento e romantico, e dopo qualche secondo riconosco la canzone, ma soprattutto il ragazzo sul palco.

È il mio Neith.

Dylan canta la nostra canzone, mentre lui punta i suoi occhi nei miei.

Sei e sarai sempre tutto ciò che ho sempre desiderato e che continuerò a desiderare.

Fino alla fine dei miei giorni.

Tu sei la mia vita, il mio punto fermo, il mio grande amore, il mio ossigeno.

Mi porto le mani sulla bocca e comincio a piangere, sono emozionata, imbarazzata, felice, ma soprattutto sorpresa. Tutto il pubblico sospira, guardano Neith che man mano si avvicina a me, mentre io cerco di asciugarmi le lacrime dagli occhi. Le parole della canzone si fanno più intense.

Ormai Neith è davanti a me, infila una mano in tasca e si mette in ginocchio. Ho gli occhi più che umidi, ma non sono la sola.

«Kendra Maris, tu sei la sola che voglio al mio fianco. Vuoi sposarmi?» dice con voce flebile. Faccio una pausa di circa un secondo, per poter riprendere fiato. Poi urlo la mia risposta chiaramente, «Sì».

Il pubblico esulta e si congratula con noi, mentre Neith mi solleva da terra e mi prende tra le braccia, facendomi fare una giravolta. Rido e piango, sono maledettamente felice.

EPILOGO

Un anno dopo...

Kendra Maris

È passato un anno da quando Neith mi ha chiesto di sposarmi, oggi è arrivato il gran giorno.

Sono agitatissima, sono chiusa in bagno seduta sul water con le mani affondate nei capelli. Fuori dalla porta ci sono le mie amiche, Dana e mamma che cercano in tutti i modi di calmarmi. Non è che io non voglia sposare Neith, ma quest'ansia proprio non vuole lasciarmi stare.

Quasi dimenticavo di aggiornarvi su alcune cose che sono successe. Mio fratello è tornato a New York, ora lavora per una grande industria automobilistica, vive in un piccolo appartamento in città con Carmen, sì alla fine si è deciso a dichiararsi. La cosa che mi ha sorpreso è il fatto di come si sia calato bene nelle vesti di papà acquisito, Carmen ha una splendida figlia di 4 anni di nome Marisa, un vero angelo non c'è che dire. Sono felicissima per loro.

Papà lo ha perdonato, alla fine sotto sotto era quello che desiderava, riavere i suoi figli tra le sue braccia.

Neith ha aperto la sua palestra a Miami, dove ci siamo trasferiti, abbiamo una casa stupenda, enorme aggiungerei. Mentre io sono diventata vicepresidentessa nell'azienda di mio padre, che ha sede proprio a Miami.

Non potevo desiderare di meglio.

La mamma ha trovato un nuovo compagno, una persona dolcissima, ha una pasticceria qui a New York, ed è anche un ottimo cuoco.

Torniamo al presente. Abbiamo deciso di sposarci sulla spiaggia, che si trova proprio dietro casa nostra. È stato preparato tutto nei minimi dettagli, la mamma e Dana si sono date un bel da fare. Ma ora perché cavolo sono cosi nervosa?

«Mamma per favore chiama Neith?» la imploro singhiozzando.

«Piccola, sai che non si può vedere la sposa prima delle nozze. Porta male. Poi smettila di piangere sbaverai tutto il trucco» dice mamma con tono implorante.

«Chiamalo!» dico quasi urlando. Fanculo le tradizioni.

Fanculo anche a questo trucco.

Passano pochi minuti, quando sento bussare la porta.

«Piccola che cosa succede?» mi chiede Neith con voce vellutata.

«Ho paura» dico tra le lacrime.

«Di cosa?» mi chiede con tono pacato.

«Che tutto questo non sia reale. Ho paura che tu mi dica di no» dico mettendo il broncio. So che sembro una stupida, anzi lo sono. Ma è più forte di me. Sento che sta ridendo.

«Non osare prendermi in giro Neith Xander» lo intimo con voce stridula.

«Dai sorridi, pensa che tra poco sarai la signora Kendra Xander, la mia stupenda moglie. Ora per favore, asciuga quelle lacrime perché ho troppa voglia di arrivare alla fine della cerimonia» mi dice con voce roca.

«Perchè?» dico con un sorriso da ebete sul viso.

«Perché potrò baciare la sposa... E poi ci sarà la nostra prima notte... Dai piccola mia, sai che ti amo più di ogni altra cosa la mondo» mi dice con tono dolce.

«Avevo solo bisogno di sentirmelo dire» dico tra le lacrime, però questa volta di felicità.

Quando Neith si allontana dalla porta, apro. E subito mi ritrovo la mamma, Dana e le mie amiche addosso, che urlano e imprecano, mentre si danno da fare per darmi una sistemata.

Neith Xander

Sono felice di essere riuscito a calmarla, so bene come diventa quando è nervosa, ma per mia fortuna so come prenderla.

Quando ritorno in spiaggia tutti hanno preso posto sulle sedute. Ci sono sedie color caramello con fiocchi bianchi, il gazebo dove sto aspettando la mia futura moglie è coperto da un velo bianco con ricami, ricolmo di rose rosse e girasoli, i fiori preferiti di Kendra. La navata è adornata di petali rossi e il tappetto sul quale vedrò avanzare la mia futura moglie è di un bianco splendente. La musica parte.

Eccola, si tiene al braccio di suo padre. Ha un abito semplice, con una scollatura a cuore, stile sirena. Ha una piccola corona nei capelli e il velo le copre il viso. Sento il mio cuore battere all'impazzata, la voglio, l'ho sempre voluta. Mi avvicino a Mike, lui posa le mani sulle nostre. In questo istante mi sento incredibilmente fortunato, ho trovato un vero padre e sto per sposare la donna più importante della mia vita. Il mio piccolo angelo. Mike le dà un bacio sulla guancia, poi va a prendere posto al fianco di mia madre.

Siamo l'uno difronte all'altra. Con mani tremanti le sollevo il velo. Finalmente posso vedere i suoi incantevoli occhi. Sono così lucidi, così maledettamente penetranti. Dio mio quanto l'amo.

«Siamo qui riuniti per celebrare il matrimonio...», inizia a recitare il prete. Infine arriva il momento delle promesse, inizio a leggere le mie. Sono veramente agitato.

«Fin dall'istante in cui ti ho vista per la prima volta ho pensato che fossi meravigliosa e che ti volevo nella mia vita, per la precisione ti volevo mia», mi fermo un attimo per poterla guardare negli occhi.

È' arrossita, e se è possibile è diventa ancora più splendida. Mentre tutti gli altri intorno a noi cercano di trattenere le risate.

«Non so dire se fosse amore a prima vista, ma posso dire con certezza che non sono più riuscito a toglierti dalla mia testa, ma soprattutto dal mio cuore. Sapevo di aver trovato la persona giusta, che rendeva e rende tutto più semplice, che mi rende felice, che dà un senso alla mia vita, ma soprattutto ho trovato la persona che mi ha salvato, la persona che ha saputo tirare fuori il meglio di me. Ti amo Kendra» dico con voce tremante.

Quando alzo la testa, vedo il suo viso rigato di lacrime. Mi affretto ad asciugarle con le dita.

«Non piangere amore mio» dico con voce incrinata.

«Sei meraviglioso» esclama tra i singhiozzi.

Kendra Maris

Cerco di cacciare via le lacrime. Faccio un bel respiro, poi inizio a leggere le miei promesse.

«Da quando ti ho incontrato sono riuscita a guardarmi di nuovo allo specchio. Con le tue continue attenzioni, mi sono sentita desiderata, amata. E non più sporca.», mi fermo per un istante, lo vedo irrigidirsi, così gli accarezzo un braccio e gli sorrido con amore. Lui ricambia il sorriso e mi stringe la mano libera.

«Mi hai reso, anzi mi rendi più felice di quanto non sia in grado di spiegare. Ti amo più della mia stessa vita, e continuerò ad amarti finché non esalerò l'ultimo respiro. Ti amerò per sempre. Il mio cuore è tuo, tu sei il mio ossigeno.» dico ormai con le lacrime pronte ad esplodere e un nodo alla gola.

Finalmente il prete riprende la parola e ci suggerisce cosa fare durante lo scambio degli anelli.

Sento il cuore che mi batte forte, finalmente Neith è mio marito, sono appena diventata la signora Kendra Xander.

Neith Xander

«Io vi dichiaro marito e moglie, puoi baciare la sposa», annuncia il prete, e all'improvviso è tutto ufficiale. Kendra è mia moglie e io sono suo marito.

Qualcuno tra i presenti batte le mani, c'è chi si stringe e chi piange di commozione.

Mi avvicino a Kendra per baciarla. Lei segue il mio esempio, le nostre labbra si sfiorano, poi il bacio si fa più intenso, i corpi si stringono in un abbraccio, dando vita al nostro difficile, tortuoso, passionale e meraviglioso e indimenticabile lieto fine.

Anzi, il nostro inizio.

RINGRAZIAMENTI

Voglio ringraziare in primis, tutti quelli che mi hanno letta.
Spero vivamente che la storia tra Kendra e Neith vi sia piaciuta, e che vi abbai trasmesso una qualunque emozione, ma soprattutto che vi abbia in qualche modo fatto capire che l'amore vero va oltre tutto e tutti.

Ringrazio il mio ragazzo per essermi sempre stata accanto. Grazie per la tua fiducia, il tuo amore e il tuo sostegno continuo.
Grazie alla mia famiglia per il sostegno e per l'entusiasmo dimostratomi in questa mia piccola avventura.

Ringrazio le mie amiche per l'aiuto e per avermi supportata e sopportata nel periodo in cui le idee scarseggiavano.

Ringrazio **Sadie** per i suoi mille consigli, **Emanuela** per il suo continuo sostegno, e **Giusy** per i suoi apprezzamenti e per il continuo spronarmi.

Ringrazio tutti i nuovi lettori e lettrici che verranno.

Alla prossima. Un bacione.

INDICE

Pag	5	SINOSSI
	6	CAPITOLO 1
	12	CAPITOLO 2
	17	CAPICOLO 3
	24	CAPITOLO 4
	30	CAPITOLO 5
	38	CAPITOLO 6
	50	CAPITOLO 7
	58	CAPITOLO 8
	64	CAPITOLO 9
	72	CAPITOLO 10
	80	CAPITOLO 11
	86	CAPITOLO 12
	92	CAPITOLO 13
	103	CAPITOLO 14
	113	CAPITOLO 15
	120	CAPITOLO 16
	125	COMBATTERE PER AMORE (Novella)
	126	CAPITOLO UNO
	130	CAPITOLO DUE
	135	CAPITOLO TRE
	147	CAPITOLO QUATTRO
	157	CAPITOLO CINQUE
	164	CAPITOLO SEI
	168	EPILOGO
	174	RINGRAZIAMENTI

Printed by Amazon Italia Logistica S.r.l.
Torrazza Piemonte (TO), Italy

14718021R00100